刘胡兰

生的伟大 死的光荣

王秀琴 —— 著

中国青年出版社

人民英雄 国家记忆文库

指导单位

共青团中央

发起单位

国防大学军事文化学院

中国青年出版总社有限公司

学术支持单位

中国作家协会军事文学委员会

中国当代文学研究会军事文学委员会

总策划

张启超　董　斌　皮　钧　陈章乐

策　划

侯健飞　李师东

主　编

李师东　侯健飞

统　筹

侯群雄

刘胡兰(1932年—1947年)

总　序

◆徐怀中

我们这一代人成长在战争年代，那时山河破碎，民不聊生，是党在抗日根据地设立了免费高小，我才有机会去上学，后来考上边区政府开办的太行第二中学，算是有了点文化。毕业后，是党带领我走上革命道路，我跟随刘邓大军挺进大别山，开始了军旅生涯，后来长期从事写作、文化工作，再也没有离开过部队。

回首往事，许多的人和事历历在目。中国共产党的奋斗路、奋进路来之不易，中华民族的独立自由解放来之不易，新中国的成立、建设、发展来之不易，改革开放以来取得的成就来之不易，今天的幸福生活来之不易，无数的仁人志士、先贤先烈、英雄楷模为之奋斗、奉献，甚至牺牲，他们永远值得我们去纪念、缅怀、学习。

2019年底，国防大学军事文化学院、中国青年出版总社联合发起大型图书创作出版工程"人民英雄——国家记忆文库"，致敬先烈，献礼党的百年华诞，我得知后感到很欣慰。是的，我们走得再远、走到再光辉的未来，也不能忘记走过的过去，不能忘记为什么出发。

今年恰逢中国共产党成立100周年，习近平同志在党史学习教育动员大会上强调，要教育引导全党大力发扬红色传统、传承红色基因，赓续共产党人精神血脉，始终保持革命者的大无畏奋斗精神，鼓起迈进新征程、奋进新时代的精气神。"人民英雄——国家记忆文库"的创作出版正当其时，为培养新时代合格社会主义建设者和接班人培根铸魂，为担当复兴大任的青年一代筑牢信仰之基，补足精神之钙。

讲好英雄故事，弘扬英雄精神，重点在"讲"，难点在"讲好"，关键是"弘扬"。大规模组织作家书写英雄、讴歌英雄，这是在新的时代背景下的一次有益的探索，也是文化工作者的优良传统。参与此次创作的有不少是军内外知名作家，他们怀着对革命英烈的一份最真挚的感情，克服新冠肺炎疫情带来的困难，不辞辛劳，深入革命纪念馆、烈士陵园采访调查，多方搜集素材，反复打磨，精心创作。经过各方面的努力，文库第一辑将陆续出版。第一辑有我党早期领袖李大钊、瞿秋白等，有革命战争年代的著名英烈方志敏、杨靖宇、赵一曼、张思德等，有青年英雄刘胡兰、雷锋等，还有新时期的英模焦裕禄、谷文昌等，毫无疑问，他们都是中国共产党最优秀的党员，是中华民族最优秀的儿女。他们永远值得大书特书！

作为一个年过九旬的老党员、老战士、老作家，我对英烈们的事迹都很熟悉，但阅读了作品后，依然心潮澎湃，感动不已。这些作品思想性、文学性、故事性、可读性强，既写出了英烈的光辉故事，也写出了英烈精神的传承故事，独具匠心；同时，很多作品充分利用纪念设施和相关文物，在物中见人见事见精神，在人、事、精神中见物，相得益彰，历史感、现场感强，让英雄人物和他们的精神品格在文学叙述中活了起来。

在中国共产党百年华诞的光辉历史时刻，国防大学军事文化学院组织创作了这套文库，用文学的方式回溯党史、军史，十分可贵，这是对我们伟大的党的最好礼赞，是为中国革命史做出的巨大贡献。中国青年出版社是红色出版的主阵地，《红旗飘飘》《红岩》《红日》《红旗谱》《创业史》等早已载入新中国文学史、出版史，影响了一代又一代人。我青年时期创作的长篇小说《我们播种爱情》最初就是由他们出版的。这一次军地联合行动，成果丰硕。我相信，随着第一辑的创作、出版，后续第二辑、第三辑的创作、出版会更有经验和信心，更多先烈的英雄事迹将栩栩如生地呈现在读者面前。

英雄永生的地方，就是我们的来处，就是我们的历史，就是我们的文化，就是我们的根，也是我们这个党、这个国家、这个民族自信的源泉。为英雄立传，为民族立心，为社会铸魂，功在千秋，善莫大焉。在此，对"人民英雄——国家记忆文库"的创作、出版致以敬意和祝贺。

是为序。

2021 年 6 月 18 日

目录
Contents

引　言 001

第一章　生的伟大

一方水土养一方人 005

此女颇有宜男之相 009

年轻县长顾永田的影响 013

革命熏陶 029

智探刘芳 033

品质锤炼 036

并非游戏 041

三岁看大七岁看老 046

爹爹支前 050

清明脱险 054

一张珍贵相片 058

西社夺粮 063

铲除汉奸刘子仁 070

东堡报信 074

两个小通讯员之死 080

慰劳八路军 ———————————— 083

报名妇训班 ———————————— 089

"逃"往贯家堡 ———————————— 094

奶奶"追"孙 ———————————— 098

艰苦的妇训班生活 ———————————— 107

一盘酒枣 ———————————— 111

勤奋好问 ———————————— 114

组办冬学 ———————————— 120

纺棉做军鞋任务 ———————————— 126

护理伤员 ———————————— 129

老杜的夹袄 ———————————— 135

成为候补党员 ———————————— 140

领导云周西土改 ———————————— 144

发动刘马儿 ———————————— 146

掀场土改龙卷风 ———————————— 152

军鞋风波 ———————————— 156

组织担架队 ———————————— 161

第二章 死的光荣

坚持留下来 ———————————— 163

被冲散 ———————————— 170

除掉伪村长 ———————————— 173

范思聪之死 —————————————————— 177

复仇队进村 —————————————————— 182

五人被捕 ———————————————————— 184

密谋屠杀 ———————————————————— 188

通知转移 ———————————————————— 191

咱不能连累群众 ————————————————— 194

广场告别 ———————————————————— 197

大庙审讯 ———————————————————— 200

铡刀行刑 ———————————————————— 203

刑场就义 ———————————————————— 208

第三章　行的久远

复仇烈火燃四方 ————————————————— 215

魏风与首部话剧《刘胡兰》————————————— 222

主席两次题词与刘胡兰的五次安葬 ——————————— 225

凶犯落网 ———————————————————— 232

处决石五则与追认"六烈士" —————————————— 234

10周年祭悼暨移灵大会 ——————————————— 237

从烈士陵园到纪念馆 ———————————————— 241

第一所以刘胡兰命名的学校 —————————————— 248

胡兰精神传承的精魂 ———————————————— 254

《刘胡兰生平史料》等 ———————————————— 260

马烽与《刘胡兰传》_____ 265

雕琢之间凝真情_____ 268

万里单骑寻访知情人_____ 273

让胡兰精神与国防教育在新时代校园里

相融相合_____ 279

胡兰精神是吕梁精神中最为重要的组成部分___ 282

胡兰精神代代传_____ 285

代后记 一切美好终将在向上向善处相遇_____ 289

引言

2020年10月，收获的季节。

天空湛蓝，秋风轻拂，松柏点翠，冬青暗绿。参差柳丝被剪成盘盘发型，一如明净利落的少女。暖阳温存，凝视着斑斓万物。

从小型航拍图上，无论怎样看，她都是人间大地上一个安静去处。

刘胡兰纪念馆，烈士精神的载体与辐射地，甬道长长，久久徘徊其间，踯躅于纪念广场。纪念碑高大矗立，正面刻着毛泽东主席亲笔题词："生的伟大　死的光荣"。八个镏金大字，在阳光下闪闪发光，一如英雄精神永绽光芒；背面刻着郭沫若书写的《中共中央晋绥分局关于追认刘胡兰同志为中国共产党正式党员的决定》，一如山河回音，掷地有声，铿锵有力。

作为纪念馆主体部分——刘胡兰史迹陈列馆，以图片、实物等形式，向一代又一代人们，诉说着烈士的生平与事迹，昭示着胡兰精神的传承与弘扬。

★ 刘胡兰纪念馆航拍全景图。

★ 现耸立于刘胡兰纪念馆的刘胡兰塑像（王朝闻塑）。

烈士墓掩映在纪念馆后的苍松翠柏间，几十盆傲菊盛开在墓台上；8米高的汉白玉雕像矗立墓前，定格成15岁的少女刘胡兰——目视前方，双拳紧握，身躯微微前挺，英雄气概展现得淋漓尽致。

观音庙——审讯烈士处，与被捕处、就义处，皆位于不远的地方……

时空交错，思忆争锋，炸裂于写满沉默与寂静的历史天空。

90年前，抗日战争风起云涌；76年前，解放战争全面爆发——

中华民族处于光明与黑暗的抉择关头，中国人民处于生存与灭亡两种命运的决战关口。伟大时代造就伟大英雄。伟大英雄映衬伟大时代。多少仁人志士为民族独立、人民解放，建立民主政府，勇抛头颅，甘洒热血。吕梁山巍巍，汾河水滔滔，女英雄刘胡兰，就出生于晋中平川一带的"小延安"云周西村。

在一处低矮简陋的典型晋西北民居中，刘胡兰曾无数次踏出门槛，走向革命，走向战友，走向誓言，走向战场……最后魂归大地而又无处不在。她已将自己交给和平，交给自由，交给信仰，交给大爱，交给时间与永恒……

第一章 生的伟大

一方水土养一方人

俗话说,一方水土养一方人,人既是大自然的骄子,又是历史与现实、血缘与地脉,纵横交错、相互作用的产物。

听老辈人说,云周西一带是古战场,是兵家必争之地。春秋战国时期三家分晋,是兵家争战、财物迁徙、通道必经之处。原始部落,古老晋国,直取东周河内郡,战争就发生在这里。时断时续的中原烽火,曾在此熊熊燃烧。

两山夹一谷,山伟岸,谷空旷,原平坦,河默流,时空神异结合,相互成就。汾河流经沟壑纵横的莽莽黄土高原,逶迤东逝,留下汾河谷地如裙摆般蜿蜒铺陈;闪着鱼鳞般光斑的汾河水,像条白色绸带,成了装点裙摆的美丽花边。汾河岸边挖掘出的上古陶器,昭示着人类发祥地之一黄河流域文化的时光久远;观音庙钟声的悠扬,暗示着历史与现实的

★ 修缮过的刘胡兰故居。

★ 解放前的云周西一角。

神秘碰撞。匈奴、戎狄等少数民族，曾放马铁骑，沿着汾河谷地，夹带猎猎草原之风，挟带锋利刀剑与野蛮杀戮，一直冲杀到中原腹地末端的黄河边缘。唐宋以后，这一地区又卷入与北方少数民族几百年的激烈争战中。多少年来，汾河水流始终无声，晋商马帮的驼铃，叮叮当当，不绝于耳，高大的骆驼载着或稀奇或绚丽的货物穿梭于中原腹地，踏碎一地宁静。马帮身后，一条闪烁着东方智慧而又漫长的"茶马古道"，贯穿东西，于无路处悄然形成；直通西安古城的古老陆上"丝绸之路"，堪称当今综合国力与民族复兴标志的"经济带战略构想"，骤然复活。

所有这些历史掌故，经无数老辈人转述、增添、删减、幽叹、重复，变得充沛、繁复、诱人、重叠，既像汛期到来时的汾河，膨胀、汹涌、浩瀚；又像枯水期的汾河，平静、渺远、干瘦，潜伏于太阳、月亮、白云、平原、河流、高原、丘陵、故国、家园、庄稼、青草、墓冢、劳动、睡眠以及人们的举手投足间与酸甜苦辣中。

驻足汾河岸边，谛听河水活活流过低吟逝者如斯夫的声音，谛听锋利犁铧破土而入、农夫甩鞭吆牛的劳作声；匍匐黄土地上，悉心观摩，再三倾听；迈步吕梁山麓，看青松傲立，柏树参天……唯此我们才能将时间深处与历史肌理的信息，做一番充分梳理，让后来者辨清过去、现在与未来在时光缝隙中悄然前行的印痕脉络。

天行健，君子以自强不息。云周西村在整个华夏版图上，绽放出她独特而刚健的音符。

此女颇有宜男之相

1932年10月8日,农历九月初九,俗称重阳节、老人节。

云周西村。

刘起成、石三奴夫妇出来进去,高兴得合不拢嘴,简直有些手足无措、魂不守舍。

为啥?

儿媳妇要生了,老刘家要抱孙子了!

水土养人,人富水土。云周西位于文水东缘,县域"峪水环流,商山岩拱翠",人们"民素刚劲,俗尚俭朴,勤力稼穑,不畏暴虐";春秋战国时期,孔子高足子夏曾在此开儒学先河,故而县人"颇尚文学,博学笃志"……

云周西,这片孕育英雄的热土,像旧中国无数古老乡村一样,饥饿与贫穷交叠,愚昧与激进纠结,抗争与怒吼激荡,虽发展缓慢,但乡情古老幽静,乡人淳朴善良,若无外力侵扰,无纷纭战争,所有事物皆保持原有秩序与面貌,它依然美丽迷人,安静祥和。

偏偏铁蹄蹂躏,外敌入侵。

1931年,九一八事变,日寇魔爪笼罩东北全境。

1932年,侵略焰火引向中原。国民党"攘外必先安内",对外不抵抗,对内加紧剿共,日甚一日。年轻的中国共产党和多灾多难的中国人民,面对民族危机与反动派的进攻,可谓两面夹击,腹背受敌。

广大人民被帝国主义、封建地主、官僚资本主义三座大山压得实在喘不过气来，生活在水深火热中。云周西村也不例外，被黑暗笼罩，官匪财主横行霸道，抢房夺地，欺压民众，老百姓过太平日子安稳生活几成奢望。

当时的云周西，人家253户，土地5600多亩，人均5亩。按说三四口之家，少说二三十亩地，庄稼人不吝力气，土里能刨不出食来！可封建土地所有制和沉重的高利贷扭编成一条绳索，勒得人脖子都快断了。全村四分之一上好土地被掌握在极少数地主和富农手里，他们出租、放债、雇工，压榨、盘剥农民，牟取暴利，坐享其成。20%农户经年举债，30余人常年扛活，没日没夜受，都活不出个眉眼。而那些被喂得流油的地主老财们，幸灾乐祸，四处炫耀：穷小子，我吃香喝辣，你眼巴巴看，我们是"下雨地里长，天旱家里长，刮风树梢长"；你们是黑水子流到底，饿得前胸贴后背，天是我们的，这世道也是我们的。

春借一石，夏还五石，驴打滚式利滚利，这样的高利贷，加上反动政府叫不上名堂却多如牛毛的苛捐杂税、差役负担，叫无数家庭倾家荡产，不少人流离失所、沿门乞讨。

刘胡兰生在中农之家，日子过得节衣缩食，胆战心惊，压根好不到哪里去。

爷爷刘起成生性本分、老实巴交，"咱不要惹人家，希望人家也不要惹咱"，常以其旧中国小农经济式处世信条教育儿孙；伯父刘广谦能说会道，头脑灵活，先做学徒，后挑卖食盐、杂货，做份小生意；父亲刘景谦小哥哥八岁，虽木讷寡言，但心重底清，曾在土地上谋划过道道，无奈不是年景不佳,就是生不逢时,他和父亲一样,把满腔心思与所有语言都给予了沉重生活和深沉土地。

历来阳坡坡配阴坡坡。刘起成婆姨石三奴,当家女主,精明能干,勤俭持家,在本村、邻村颇得威望。不要说男人,就是一米八几的两个儿子,立在老娘跟前,也会骇出三分怕字。但女人毕竟是女人,嫁鸡随鸡,嫁狗随狗。石三奴自进刘家,一年到头不知闲,纺花织布,缝缝补补,洗锅做饭,养猪喂鸡,里里外外一把手。尤其是勤劳和俭省,是门缝里吹喇叭——名声在外。一年四季,凡有月亮不点灯,点灯不准挑大灯焾,谁要偷偷挑大,不管老小,石三奴一准数落没完:真是不当家不知柴米贵,造孽鬼,败家子儿!

不论秋收夏成还是过时过节,刘家很少吃顿好茶饭,常年掺糠拌菜,粗茶淡饭,锅碗不见腥,丰年舍不得,歉年更不用说;全家粗布衣裳,大都由石三奴亲手织缝。破了补,补了破,大人穿了小孩儿穿,袖子剪了当汗衫。"新三年,旧三年,缝缝补补又三年",确是真实写照。

一个女人勤持内务;三个劳力,在外牛一样受,汗水摔成八瓣,刘家日子依然过得紧紧巴巴。遇上歉收年景,不得不向财主借粮兑债。为还债,刘起成跟工泥匠,东家起房盖舍,西家修墙补院,披星星出门,带月亮回家,丝毫不敢偷懒,否则撵你没商量。想再去?没门!

清苦日子泡着泪水过,两个儿子先后娶妻成家。天老不遂人愿,过门几年,大媳妇一直不开怀。不孝有三,无后为大,更何况庄户人家耕作为生,带把儿的不仅传宗接代,更是添劳加力呀!

盼啊盼，刘景谦28岁这年，老天开眼，媳妇王变卿怀胎十月，一个延续着刘家血脉的小生命即将诞生。

老刘夫妇能不高兴！

一声啼哭与别家孩子毫无二致，只是格外响亮。

可惜是个闺女。

闺女就闺女吧，再怎么也是添丁增口，人旺财就旺！

此女颇有宜男之相，石三奴刚想说这句话，就见儿媳妇身下大出血，一种不祥预感掠过石三奴心上。"这孩子命硬。"她不敢把这摊血跟孩子联系起来，但眼见孩子在血中挣扎，赶紧抱了起来……以后日子里，这一幕常飘过石三奴眼前，这也是石三奴在以后岁月里，舍不得放手，好像总有什么揪着她的心，格外疼这个长孙女的主要原因。

起名"刘富兰"，所图就是个吉利，但愿生活一天天好起来。

这个刘富兰，就是我们的主人公刘胡兰，从此开始了属于她自己的人生之旅。为何"富"改"胡"呢？有说跟她后妈胡文秀有关，有说文水人"富""胡"不分，在她就义后，一位记者写成"刘胡兰"，从此"刘胡兰"就叫开了。其实对于刘胡兰而言，为了全国人民解放，为了全天下老百姓能过上好日子，"富""胡"又有何区别呢！

人心呼唤光明，人性渴盼解放。彤云密布酝酿着暴风骤雨，革命斗争从来都与血雨腥风相伴相随。

生存与毁灭永远是人类社会发展的主题：人们啊，要么一直猥琐苟且偷生下去，要么奋起反抗，砸烂枷锁，自我解放。这也是那个时代，许多中国人要面临的抉择。

年轻县长顾永田的影响

"三十亩地一头牛,孩子老婆热炕头"是刘氏父子最理想、最安妥的光景铺排。刘胡兰从小就心灵、懂事,用文水一带方言说:有势眼,长眼色,犟,耐皮,急活。

奶奶缝织,她搬凳子,拿草垫子,递线拐子;母亲照顾妹妹爱兰,她端水拿屎布;祖父、父亲下地劳动,她坐在门槛上望着,瞅着,等着,见他们一回来,就赶紧跑上去,提空饭罐子,打盆洗脸水,递个旱烟袋,连玩带耍擦犁、锹、镢头上的泥巴;有时父子二人用铡刀给牛铡草,她托着下巴,坐在一边看啊看,一个小人儿,一颗小小脑袋,不知在思谋些啥。

小胡兰爱唱爱跳,常一个人玩,跌倒爬起来,碰破撒些绵绵土,吹吹揉揉,绝少哭闹。四邻五舍的人们都说:三岁看大,七岁看老,这女娃娃将来肯定差不了。

刘胡兰4岁那年,即1936年,日军越过万里长城扑向华北。

华北告急!

国民党依然不抵抗,步步退让。

中国共产党举起"抗日救亡"大旗,中央工农红军历经两万五千里长征,于1935年10月到达陕北。

为巩固根据地,成立工农民主政府,执行抗日民族统一战线政策,1936年2月17日,"东征宣言"发布。抗日先锋穿枪林弹雨,东渡黄河,到达山西,开赴前线,对日作战。在石楼县义牒镇留村一农家路居地,毛主席挥毫泼墨,直抒胸臆,著名的《沁园春·雪》①就此诞生。它犹如一声号角,唤醒亿万民众。信仰坚定、目标清晰、作战勇猛、纪律严明的红军,挥师北进,一路势如破竹,队伍不断壮大,不仅摧毁阎军四处散布"共产党杀人如割草,无论贫富皆难逃……"的谣言,而且为山西播下革命火种,点燃了人民心田上摇曳的革命斗争火苗。

阎军"防共保卫团""主张公道团"相继成立,调兵遣将,配合主力,沿汾河一线和同蒲铁路,严密设防,妄图截断我军向晋察冀挺进。

为保存力量,避免生敌,5月5日,中共中央向全国发出了《停战议和一致抗战通电》。红军先锋队西撤黄河,整编后,再渡黄河,誓死保家卫国。三晋儿女的革命火苗燃烧着。

1937年9月,日军越过娘子关,侵占山西。阎军不战而溃,弃甲西逃,驻晋西吉县一带作壁上观。

11月8日,终因敌我力量悬殊,太原沦陷。

至此,山西绝大部分地区呻吟于日本侵略军的铁蹄之下。

1938年2月,日军侵占文水县城。为维持给养,日军向各村老百姓摊派粮款;因修缮防御工事,许多壮劳力被抓去修炮台、做苦力。这一回,刘景谦未能幸免,吃尽了苦

---

① 关于《沁园春·雪》创作地有多种说法,其中一说为陕西袁家沟,一说为山西留村。

★ 东征胜利为三晋大地播下革命的种子。

头，受尽了折磨。

伤在身上，更在心上。对此刘景谦历历在目：白天给点粥渣狗食，让他们扛洋灰，搬石头，日军拿着木棒跟着，谁走得慢了，冷不防就是一家伙，打得你头嗡嗡作响，可爬起来还得干，什么时候天黑看不见了才让你回来，晚上还要像关禁闭似的把他们关起来。

面对非人折磨，逃跑是求生第一本能。刘景谦逃跑了一回，却被抓了回去毒打了一顿。后来终于"越狱"成功，可没几天，他爹又被抓去，"待遇"一样。

累累伤痕，条条都是仇，道道记着恨。6岁的刘胡兰看在眼里，记在心上，却又无能为力。

谁能赶走这群家园闯入者？谁能消灭这群无恶不作的强盗？

亡国灭种万家忧，暗夜里盼救星。

胡兰一家的心愿，何尝不是全天下劳苦大众的期盼和心愿！

在中国共产党领导下，牺盟会、决死队、动委会等抗日团体和进步力量在各地相继建立，宣传政策，组织群众，广泛开展游击战争，抗日救亡的群众运动蓬勃发展，为中国人民的全面抗战做了思想和组织上的准备。

同年4月，文水县抗日民主政府在交城县西社镇米家庄成立。

顾永田，一位22岁的年轻干部，担任县长。

22岁，一县之长，了不得！

而且能干，成立文水游击队，配合六支队发动群众，袭

★ 中共文水县抗日民主政府在交城县西社镇米家庄成立。

击敌人，一打一个漂亮战。大象伏击战更为人们津津乐道：顾永田带领游击队，埋伏在公路两旁，敌装甲车隆隆而过，随车日军离他们四五十米远时，手榴弹、子弹在敌群中开了花，日军像割倒的庄稼，倒了一大片，剩余的丢盔弃甲，狼狈而逃。

"要不是顾县长带八路军打退日本鬼子，要叫他们进了村，不知把老百姓糟蹋成什么样子。"大象群众无不感激地说。

游击队在前方打胜仗，胜利的消息会传开。在外明着做小买卖，实际也帮八路军做事的大伯刘广谦常把胜利消息带回家，把胡兰一家高兴的。几乎一夜之间，顾县长成了人们心中敬仰的英雄，文水人民的抗战信心被大大激发。

这年轻县长到底什么来头？英雄县长到底长啥样儿？高大威猛，还是瘦高细长？啥时能亲眼见见？

小小刘胡兰跟大多数人一样，再次将目光与话题集中到年轻县长顾永田身上。尤其是充满童稚与幻想的孩子们，对光明温暖与自由解放的渴望，催生了他们的想象力与偶像崇拜欲，小小愿望像嫩芽悄然拱在胡兰心头。

顾永田，江苏徐州大黄山西朱村人，生于1916年，中共党员，1936年受党组织派遣，来到太原，加入牺盟会，在来文水任县长前，曾担任牺盟会总部执行委员和太原市二区牺盟会特派员。

在中共文水县委领导下，农民抗日救国会、妇女抗日救国会、青年抗日救国会、儿童团等更广泛的群众抗战团体相继建立。当时的文水平川，到处是武装起来的农民，云周西

★ 刘胡兰大伯常把前方胜利的消息带回家,小小的刘胡兰很受鼓舞。

村被称为革命堡垒"小延安",许多振奋人心的抗日歌曲被男女老少广为传唱:

……
七月七号卢沟桥,日本响了进攻炮,
中国军队不忍受,抗日战争开始了,
共产党,发号召,中华儿女逞英豪,
到处展开游击战,日本鬼子哪里逃!
……
宁死不当亡国奴,
拼命地争自由。
全中国的同胞,
只要我们奋斗,
光明的社会就在我们前头。

深怀对顾县长的敬仰之情,抱着对游击队伍的渴盼之意,小小胡兰每天除了帮奶奶、妈妈做家务,一有时间就带妹妹爱兰学唱歌,听抗战故事。在浓厚的革命氛围里,姐妹俩潜移默化接受着革命熏陶。

抗战胜利,必须依靠人民力量;要依靠人民就得先解放人民,让他们翻身做主人;欲解放人民,必须先减轻他们身上经年累月的沉重负担。这既是逻辑,又是因果,更是在一个战场打赢两场战役。

抗日政府成立后,所在地的合理负担委员会随之成立。

委员会相继推出和颁发各项合理负担政策:

颁发减租减息令；废除农税征收按地亩摊派法，实行"有钱出钱，有粮出粮，有力出力"政策；发行地方流通券；禁止毒品；兴修水利，废除旧水规，规定了合理用水合理负担的办法，严惩水霸，各村成立专管水利的组织，浇地先后、用水时间长短等，都作了统一合理安排。还颁发手工业和教育事业的发展政策。农民子女有了受教育机会……

具体到云周西村，有这么四条：

首先，实行土地等级制，全村土地按土质好坏分为13个等级，好地负担多，次地负担少，最高43斤，最少13斤，对地主实行累进税。这一年，像石廷璞、石廷玉等10余户负担全村90%。不少像刘家一样的农户，卸下了派粮、派款、派伕三重担，心头轻松，眉头舒展。

其次，废除旧水规。行之有效的办法是：按水流入田的顺序浇地，先高后低。贫穷之所以贫穷，主要是因为不合理负担过重。负担合理后，租田者不用交水费，而由土地拥有者出。就是因为看到了实际利益，摸到了实惠，所以老百姓更加拥护抗日政府。老百姓过日子的心最真切，最讲究实际利益。旧水规一废除，以往为浇地一口水打得头破血流的事儿没有了，更为广大民众打开三扇门：土地解放、经济宽裕和实现温饱。

一切根源在旧制度，而革命就是要打破旧制度。权势者认为一切不合理皆理所当然，而民众被久压而木而僵，被迫

★ 废除旧水规以前，云周西一带争水械斗经常发生。

承认之。他们被逼得走投无路，实在找不到生路时才会挺身掀起反抗。对此，刘胡兰懵懂，但有了初步印象。

现在可倒好，抗日政府站在革命高度和抗日形势下，站在民众利益上，废除旧水规这条不合理制度。汾河水流哗哗入田，也流入人心里，庄稼咕咚咕咚尽情享受，舒畅之极，人们从心里发出最动听的笑声。

再次，发行流通券，取消高利贷。青黄不接、连年饥荒时，有人实在无圈圈可跳，被逼无奈，低声下气，到财丰者那里去借高利贷。这高利贷，驴打滚，利滚利，实在了不得，借上几块钱、十几块钱，很快就翻几番，赛磨盘，常震颤，催逼人，叫人出不上气，翻不了身，愁断了肠，家破人亡者不在少数。年节好过，日月难挨，一进腊月门，债台高筑者就开始挠头发愁；一过小年，东躲西藏，躲债主，躲东家，躲本息。躲一年算一年，过一年是一年，避一时算一时，实在无法便拿人顶，拿物顶，拿地顶，拿房顶，最后拿命顶。年景好点气长些，年景不好更糟糕，毫无安全感，全无稳定感。漫漫长夜，煎熬何时到头！

如今抗日政府指令一下，发行流通券，高利贷被强制取消。

啥叫流通券？如何发行？高利贷如何强制取消？

比如，穷苦人一块银元高利贷，抗日政府拿出一张流通券抵还，几百块银元，就用相同数额的几百张流通券抵。放高利贷者拿到数目相等的流通券，就等于穷苦人在他那里的高利贷连本带息一笔勾销。流通券，看似有"流通"二字，实则流通有限。抗日政府发放它，其目的并非流通，主要是

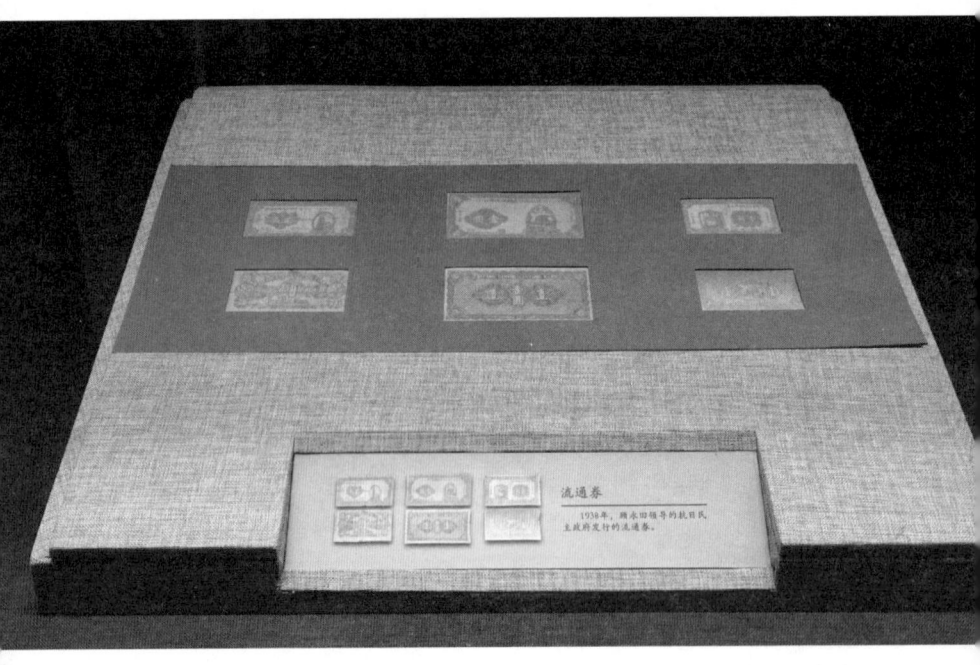

★ 1938年，顾永田领导的抗日民主政府发行的流通券被保存完好，陈列于刘胡兰纪念馆。

废除高利贷，帮穷苦农民翻身。发行流通券，本质上就是抗日政府在敌占区强制推行金融政策的一种经济策略，消除抹平穷与富之间长期在高利贷上不公平的债权债务关系，是废除经济剥削的一种临时手段。

一时间，借贷穷苦人无债一身轻。

而那些放高利贷者呢？日子却不好过起来。

在云周西村，据说有一个地主放出的高利贷最多，结果他领到的流通券也就最多。多少？一屋子，也就是说他领了一屋子流通券。这个地主坐在屋当地，拍着满地票票，呼天抢地大叫：造孽呀造孽，我正儿咯吧响当当的银元放出去，就换来一屋子这废纸票票！什么革命者！你们都是土匪流氓，天理何在！家人劝他少说两句，说多了徒事不顶反倒害事。他不听，尖着嗓子干号好几天。

不少人围观，大多看笑话瞧热闹。有人窃议，说这守财奴一夜之间丧失那么多财产非疯即死。几天后，他没疯也没死，倒是他女人想不开，不吃不喝，双目干枯，嘴里念念有词，将身上衣服撕成条条缕缕，一条一缕挽成死疙瘩，搭在堂屋梁顶上，踩着方凳，人站上去，脖颈伸进圈套，一脚踢翻方凳。好在挽救及时，没造下人命。

家遭不幸。一气之下，老地主亲手将流通券当软柴引火，一边烧一边骂，一边骂一边烧，烧了好多天才烧完。

还有几位以前放高利贷如今收到流通券的财主，好长时间闭门不出，如丧考妣，躲在家里不是垂泪就是顿足咒骂。

顾县长手下的一位干事，给大伙儿讲道理，说革命不能手软,更不能心软,如果不用这种强制手段,穷人身上债台永远高筑,永远看不见光明,永远也活不出眉眼。因此大伙儿看出端倪,抗日政府就是为了劳苦大众,最革命的队伍,是穷苦百姓的大救星。

最后,实行合理负担,减租减息。原来的苛捐杂税多如牛毛,现在都被取消了,地租分成也作了调整,由原来七三,变成五五,最后四六。以前农民种地吃不上粮,现在粮囤囤里有了节余。

"十亩地来两亩棉,留下半亩种禾田,棉花好来絮儿长,支援前方打胜仗。"这一年,年景出奇好,好像老天爷也来布恩施泽,掐人脖子的手松了松,格外开恩,指缝里洒下的阳光雨露饱满充沛,风调雨顺,庄稼喜人,全县粮食产量增产20万石,人均产粮10石多,谁家也多收了那么三五斗。待到过年,家家锅灶上热气腾腾,碗里也漂起油腥腥,人们脸上现出红润,村上好几个女人的肚子都有了响动。大河有水小河满,民众生活水平提高,前线军粮自然也能大大满足。

可以这样说,在年轻县长和以他为代表的抗日民主政府领导下,整个文水县,尤其是云周西一带的劳苦大众,经济上得到了解放,政治上腰杆挺直了,心理上认可了这个组织。

以上四项政策的实施,像汾河水,哗哗往下一流,云周西一带的抗日激情一下高涨起来。不少原来得势者,沮丧,哭泣;在革命带来的尖锐疼痛中,民众体会到了更多的革命快感。他们欢乐地唱着:

打破旧水规,粮食堆满仓。
合理负担好,农民少出粮。
实行流通券,还清血汗账。
翻身不忘共产党,感谢我们的顾县长。

担子没了,债也还了,地能浇了,粮打多了,娃也上学了,简直天翻地覆!那些多年依仗权势骑在人民头上耀武扬威、作威作福的地主老财们,像狗尾巴草挨了霜,蔫了!

什么叫为民做主?这就是!接地气、顺民意、合民心!桩桩件件都做到了老百姓心坎上!这样的好县长,万里挑一,谁不想亲眼见见!

念念不忘,必有回响。机会终于来了!

这天,村北打麦场上,红旗招展,人头攒动。台上,一位身着军装的年轻人正慷慨演讲,洪亮而有力的声音在寂静的麦场里回荡。台下,男女老少或蹲或坐,聚在那里,听得眼珠子都不转一下,被他激昂的话语感染着,振奋着。

演讲者不是别人,正是带给胡兰心灵震动的偶像顾县长。

顾永田一定没想到,台下黑压压的人群中,有一个叫刘胡兰的小姑娘,正踮着脚尖,仰着脑袋,透过人缝,欣喜地望着他,目光里满是对英雄的仰慕和革命的向往;或许他更没想到,打破旧制度旧思想的革命理念,已深深影响了这个小女孩,为其走上革命道路做了难能可贵的政治启蒙。

★ "人民的好县长"顾永田是刘胡兰心中的榜样,此时的他正在给群众宣传抗日救国道理,小小的刘胡兰夹在人群中听着,看着。

革命熏陶

刘胡兰生母王变卿，文水王家堡村人，家境贫穷，年幼失母，随爹长大，人很勤快，性情温和，嫁到刘家后，上下左右里外都相处得不错。只是她弱不禁风的身子骨不做主，自打生下爱兰就病了。大夫说是痨病，刘家想尽办法治疗，钱花了，力出了，心尽了，病始终不见好转，几个月后就卧床不起了。

可怜的王变卿一天天消瘦下去，没多久便形销骨立。这使老刘家苦上添新愁。

胡兰子很懂事，看着妈妈病重的样子，既担心又难过。可这个坚强的小女孩儿，就算再难过，也绝不当着妈妈的面流泪，这一点，她懂。

胡兰子想让病痛中的妈妈好起来，高兴一点。那些日子里，她很少出去，乖乖陪在妈妈身边，为她梳头穿衣，打水洗涮，端饭喂药，捶背捏腿，想起啥新鲜事有趣事就讲给妈妈听，像模像样模仿顾县长演讲，唱学来的革命歌曲……所有这些，就是想博妈妈笑一笑，乐一乐，哪怕只是一小会儿。

"妈……不行了，听……爷爷奶奶的话，多照顾妹妹，帮奶奶和大娘做……营生……做个好闺女，照顾你爹……"

带着对人世无限留恋，带着对女儿、对家人的无限爱恋，王变卿还是走了。

经历生离死别，面对长长思念，人总会脱胎换骨、凤凰涅槃般成长。7岁的刘胡兰就是这样。痛苦过后她表现得相对理智冷静,她告诉爱流泪的妹妹,说咱要活得刚骨些,要多帮奶奶做家务,把生活的磨难与考验藏在心里,睁大眼睛接受革命熏陶。

1938年7月,文水县抗日政府在交城县西社村举办训练班,藉以培养农村骨干力量。陈德照和石居山被派往学习。

为期一个月的紧张学习,拨亮了两位年轻纯朴青年革命者的心,他们更认清了日寇侵略中国的野心,懂得了党长期抗战和推翻封建社会统治、解放全人类的道理、目标和任务。回村后,陈德照担任副村长,石居山做村公所公人。这意味着云周西村农民开始参与政权管理,掌握自己的命运。

哪里有压迫哪里就有反抗,而且压迫的力量有多大,反抗的力量就有多大。陈德照对此体会深刻:祖父手上无一亩土地,父子五个都给地主扛长工、打短工,受的牛马苦,吃的猪狗食,生活难艰,祖父被活活困饿而死。父亲陈树荣为大,弟兄四个依次排字"荣华富贵",成为刻骨嘲讽。陈树荣不仅受高利贷盘剥,而且一次因与地主争水,被吊到村公所,吃了酷刑。巨大的革命内生动力使陈德照在各项工作中表现活跃。当然,他后来也成为胡兰精神的宣传者。此为后话。

云周西农协成立,积极配合抗日民主政府提出的各项民主改革,包括废除旧水规、发行流通券、回赎土地、减租减息等,砸掉穷苦人身上的镣铐。

1939年,日军加紧侵略活动,封锁山区,在平川设据点，推行"强化治安"政策，在距云周西十几里的东庄、西社等地扎下据点，三天两头抓人、抢粮、搜索，妄图剿灭抗战部队，还派出汉奸敲诈勒索，欺压农民，扰乱民心。

为隐蔽干部，顺利开展工作，陈德照、石世芳等通过地痞流氓刘树旺，向固邑村的韩国华借500元，置些油醋杂货，开了"同心诚"杂货铺。

"同心诚"名义上做买卖，实际上掩护干部做联络工作。区委书记韩汝范和县抗联主席陈华等都是这里的常客。经他二人介绍，1939年7月23日，陈德照率先入党，同年10月，青年农民刘根深、石五则入党。三人在段占喜家正式宣誓，成为云周西村首批党员。

党小组成立，陈德照被选为组长。斗争任务得以明确：派思想进步的石三槐等做西社村、东庄村据点的情报员，以此对外掌握敌人活动，对内监视地主坏人，继续推行合理负担，让老百姓继续享受抗日政府带来的红利；大力宣传革命道理，传播革命思想，吸收石世芳等入党，让一些积极分子在教育与斗争中快速成长。

屡遭挫败的敌人和汉奸，恼羞成怒，称云周西为"小延安"。

说实在的，"小延安"是敌人和汉奸送给云周西村最昂贵的礼物。

生长于英雄村庄的七八岁的刘胡兰常出没于"同心诚"，在此，她不仅听得许多革命道理，而且因人小机灵不显眼，常为革命者站岗放哨，通风报信，从小便受到革命熏陶，一颗红色种子在她幼小心灵中悄然生根发芽。

★ 云周西村第一批党员之一陈德照，后来成为胡兰精神宣传员。

智探刘芳

刘胡兰对陌生人警惕性很高，这也是她思想敏锐和有斗争天赋的体现。

1941年初秋的一天，刘胡兰带着妹妹，提一大捆棉纱，边说边笑走进本村石槐子家，遵照奶奶意思，她们是请石三槐的婆姨，人称槐子大娘，帮着织些布。

不料刚进门，就见一位商人打扮的陌生男子边和槐子大娘拐线，边聊着什么。

姐妹俩进门，屋里说话停止，只剩下沙沙的拐线声，两双眼睛不约而同望着她俩。爱兰生性腼腆，下意识拽着姐姐的衣服后摆，往她身后躲。刘胡兰胆大，与他二人目光相对，相互直视，一时谁都不开口。

"是不是想让我织布？"还是槐子大娘笑着先打破沉寂。

"是。我奶奶让——"刘胡兰的眼睛一刻也没离开过刘芳。

"我笨手笨脚可织不好。"槐子大娘注意到她心在刘芳，为转移其视线，故意指着篮子里的纱线逗她。

"反正是我奶奶让你织的。"胡兰很认真地回了一句，眼睛仍盯着刘芳。

"这孩子，瞅什么？这是我表弟，刚从北平回来。"出于保护刘芳，槐子大娘对胡兰说。

"表弟？鬼才信呢。"她小脸紧绷，满脸疑色，没作声。直到临出门，还不住地回头看刘芳。

033

"出去要是有人问，就说是你舅舅，听见没？"槐子大娘不放心地隔窗叮嘱道。

"听见了！"院子里传来刘胡兰爽朗的应答声。

"这个胡兰子呀，真个八路脑筋！"槐子大娘知道刘胡兰一准意识到了什么，说这话当然是夸奖胜过嗔怪，信任胜过防范。

其实对刘芳这个神秘男人，刘胡兰早猜了个八九不离十，只是没明问罢了：什么北平来的表弟，什么舅舅，都是哄人的，不是八路军才怪呢！一直向往革命的刘胡兰耳濡目染，早已炼得火眼金睛，直觉超人。从那天起，机灵的胡兰常以催布为由来槐子大娘家，藉机察言观色。

正值初秋，村西坟场附近一片高粱长得正旺。

这天，刘芳和区委书记韩汝范约好在石三槐家见面，为安全起见，他们佯装成农民，带着锄头、镰刀来到村西，以青纱帐作天然掩护，秘密商谈工作。谈几句，刘芳不时到地头侦察情况，他发现三个小孩一直在不远处割草挑菜，其中一个就是刘胡兰。

"这些孩子分明是替咱们暗中放哨呢！"刘芳心中不禁掠过一丝感动，说，"这个胡兰子呀，别看人小，鬼大着呢！"

刘芳猜得没错，刘胡兰从小就机警过人。

不过，让刘芳真正领教的事还在后头呢！

这天，还在槐子大娘家，刘芳正了解村里情况，胡兰又来催布。就在此时，一个年轻媳妇慌慌张张跑进来说："敌人已进村公所，要挨家挨户收粮！"

"怎么办，你躲哪儿？"槐子大娘没辙了。

就在刘芳藏无藏处、躲无躲处时,刘胡兰和金仙匆匆跑进去,两人各挎个篮子,冲槐子大娘直挤眼,说:"大娘,让舅舅和我们摘豆角去吧!"

"对呀,这是个好办法!"刘芳眼睛一亮,打心眼里着实佩服这俩小姑娘,年龄小,急才才可不少。

三人一边说笑,一边从容往地里走。

到了地里,三人边摘豆角边闲聊,就这样从容躲过敌人的搜查。

"你是从西山上下来的吧?"突然,刘胡兰冷不丁问了刘芳一句。

其实这话早藏在她心里好久了,憋得有些难受,不吐不快。

"你咋看出我是西山上下来的?"刘胡兰的问话着实令刘芳有些措手不及,但他巧妙将问题抛了回去。

"那天大娘说你从北平来,我就不信,再说看你也不像。"胡兰抿嘴一笑,又盯着他的衣服,压低声音问,"带枪了吧?"

"老百姓,带枪干什么?"幸好,刘芳把枪插在两肋下,两条胳膊尽量夹着,自觉藏得严实。

"老百姓?我不信,你还能不带枪?打过仗吧?"刘胡兰继续不依不饶,一指远处横亘的吕梁山,继续追问,"你们就住在那边的西山里吧?"

"我们还在西山后边呢!"这丫头真机灵!真人面前不说假话,刘芳不想再隐瞒,索性坦率而言。

"我爹爹支前是不是就往那里送布?八路军就驻扎在那

里吧？毛主席也住在那里吗？什么时候咱的大部队下来打信贤村的鬼子？山里的女八路军多不多？长大了我也要当女八路，拿枪去打鬼子。"

不仅试探，而且一口气吐出心中愿望。刘胡兰终于确认，自己直觉没错，刘芳就是党的人！而她也为自己能结识这样一位党的干部而欣喜。

在后来的岁月中，刘芳给了刘胡兰很深影响，教她懂得了许多革命道理。

那刘胡兰跟刘芳是如何加深印象的？里面还有段故事。

品质锤炼

"这谁纺的？疙疙瘩瘩，像什么！"胡兰奶奶刚进门，见纺车上的线，就生气地说。

"奶奶，我想纺线线，您教我吧，我们不能老求人。"从隔壁间钻出来的胡兰子，用既可怜又调皮的神情央求奶奶。

原来，自打母亲走后，胡兰和妹妹就成了奶奶的孩子，黑地明里滚缠在一起。胡兰好奇心重，啥都想学，见奶奶纺线，她也想学，可又怕她不教，于是就偷偷学。这不被奶奶发现了。

"唉，好吧，没娘的孩子早当家。"奶奶便一下一下教起来。

胡兰心灵手巧，一学就会，慢慢成了纺线能手，为她以后带头做妇女工作打下了技能基础。1945年她13岁时，县里号召妇女开展大生产，纺花支援前线，胡兰除了组织领导妇女纺花外，每天能纺四两线，而且纺得又匀又细又光。当然这是后话。

刘胡兰不仅热爱劳动，而且诚实勇敢，敢于承认自己的错误，遇事敢担当，不退缩。

一天，她和玉兰、红梅找金仙玩，见她家窗户下靠着几辆洋车子，新奇得不行，想象着刘芳、陈德照他们平时骑车如飞，忽去忽来，上身前倾两腿猛蹬，衣衫后摆飘飞起来的感觉，简直太神气了；再一个，农村孩子见惯了笨重的马车、牛车，对路况要求不高、曾在战争年代大显身手、立过汗马功劳、快捷轻灵的洋车子，确实羡慕得要死，就商量着，偷偷轮骑一会儿，再放回原处，这样既满足好奇心，又不至于惊动大人，受其呵斥，两全其美。

新奇的诱惑终于令几人达成一致意见。

洋车子被大伙儿齐心协力掇弄到村北一处空场上。谁都没骑过，是第一次，都跃跃欲试。来吧，石头剪刀布，谁赢了谁骑，说的是智力敏捷，也掺杂着运气，但这样最公平。轮流推着骑，你骑了，我们推；我们推了，你们扶；你摔了，大家一起扶。推着，骑着，跑着，笑着，一辆洋自行车满足了四个女孩子的所有好奇，全然忘了车是瞒着主人偷出来的。

老话说得好，乐极生悲，真应验了。这不，你骑的时候摔一跤；她骑的时候摔两跤；还有连人带车摔嘴啃泥的。腿摔青紫了，胳膊蹭破皮了，没事儿；说车吧，车可倒霉遭殃了，车把歪了，前叉弯了，链子掉了，链盒子擦得不能走了。

这洋车子贵重吧，怎么交代？

你看我，我看你，都不吭声，眼里满是惊恐，不知所措，有的已经流出了眼泪。先前嘻哈惊呼的小嘴，此刻都噘成了花骨朵。

问题是有些严重。

关键是车子和车子主人的来历她们不是十分清楚。

原来，1940年秋收以后，八路军趁阴雨连绵、青纱帐起的季节，在敌后发动了著名的"百团大战"。10月初，日军为稳定局势，调重兵对华北抗日根据地进行疯狂扫荡，藉以报复。云周西村地处汾河沿岸，临文、祁交界，地理位置优越，党的力量强，群众基础好，故晋绥八分区派刘芳配合中共文水县委的卫范初（化名张震晋），在此开辟敌工站，成立敌工队。金仙继父刘树旺社会背景复杂，和日伪军有联系，刘芳就利用了这一点，乔装成北平来的商人，佯装成金仙舅舅，经常出入她家。很快文交汾敌工站成立，刘芳任站长，石三槐任交通员。文水县、晋绥军第八军分区的工作人员和东来西往的革命同志，常在此隐蔽或落脚。

这样一来，云周西村更成了名副其实的红色堡垒"小延安"，令敌人、汉奸既怕又恨，怕之心惊，恨之入骨。

刘胡兰常来金仙家玩，后来慢慢接触到了刘芳、卫范初等抗日干部，听到了许多革命道理，还学会了几首抗日歌曲。

这洋车子就是敌工队队长刘芳的。

她们毕竟是小孩子，对刘芳既敬且怕，既慕又畏，既近还远，不敢正面开口借车子就是这种心理的集中体现。

★ 云周西村成立的地下党组织给刘胡兰等人讲革命道理。

"咱把车子偷偷放回去算了。"终于有人打破沉默。

"神不知鬼不觉,偷玩到底。如果有人问起来,一推六二五,来个死不承认,谁能把咱打死!反正已经疯玩过瘾了。"有人附和。

"不行,咱偷推了人家的车子,已经错了;现在骑坏了,悄悄放下,错上加错,更不对。应该知错就改,告诉人家。"刘胡兰有自己的想法。

承认错误?那多难为情。再说,谁敢去?又一阵沉默。

"我来吧。我在前头推,大家走在后边就行了。"见大家又不吭气,刘胡兰自告奋勇说。

有人领头,其他人蔫头耷脑,跟在后面。

"做人要诚实,不能撒谎,知错即改就是好孩子。"一路上,刘胡兰想起爹妈说过的话,她脚步越来越快,越来越有力。

干部们正好开完会,在院里坐着。打首一位就是刘芳。

怎么又是他?

此人常出没于金仙家,在东堡村好朋友李秀芳家见过,前些日子,她和妹妹去槐子大娘家坐的不也是他!

莫非这洋车子就是他的?

"唉,今天这顿'训葡萄'是吃定了。"四个小脑袋低垂着,等着一场风暴的来临。

"没征得允许,推走车子不说,还骑坏了,要不叫我爹给你们修吧,以后保证不拿了。"态度诚实,反应机灵,没等干部们开口,刘胡兰先说话了。

一副特别认真的小大人模样,倒把干部们逗乐了,非但没训斥，还表扬她们勇于承认错误，知错就改。是啊，谁还能再苛责这样一个既诚实又有担当的孩子呢！

其实一个人的优秀品质，并非天生拥有，而是在日常生活的点点滴滴中，不断锤炼而成的。

并非游戏

兴趣是最好的老师。

刘胡兰从小爱学习，渴望坐在学堂里，跟小伙伴一起朗朗读书。可她遭到的却是先生的另眼看待和有钱孩子的蛮横欺负。极爱脸面又自尊心超强的刘胡兰念书不到两年就退了学，在家跟妈妈胡文秀学，拿块石板写字；在外跟刘芳、陈德照等人学，用废纸订个烂本本，在上面写写画画。

那时候，刘芳除抽空教胡兰等识字、懂道理外，更多一副商人打扮，胯下一辆亮堂堂的自行车，各村之间穿来穿去。一次从北辛店到东庄，忽听背后有人哼歌曲，他回头一看，原来是伪警备队跟上来了。刘芳显得特别镇静，故意放慢蹬车，不一会儿又跳下来检查检查车子，终没露出破绽。他刚停在东庄，一个汉奸就带敌人来捉他，他撒腿就跑，翻墙越院，或直或拐，时东时西，最后钻进麦秸垛藏了起来。敌人扑了空，终不甘心。不久，在戏会场发现了他，日伪三区区长白瑞棠带队抓捕。刘芳不仅借机除掉了他，还安全避开了敌人的追捕。

英雄就在身边。刘胡兰对刘芳的勇敢、机警、灵活，佩服得不得了，恨不得一下长出满身本事，像刘芳、陈德照一样，像人们念念不忘的顾县长一样，在革命斗争中大显身手。可有一天她听到的却是噩耗。刘芳说："……顾县长调到第八专员公署当了专员。1940年2月11日，进山'扫荡'八专署驻地的日军回窜时，顾专员率一个营兵力，在交城山田家沟附近设伏。战斗中，他身先士卒，奋不顾身，壮烈牺牲，时年24岁。顾专员冲锋在前，撤退在后，用鲜血和生命掩护了大家，他的死是光荣的，也是为后人所敬仰的。"

一直恩养在心的偶像，曾经多么渴慕远远见过一面、年轻有为的县长，如今却成了令人永远怀念敬仰的英雄。他英姿勃发的形象，刘胡兰永远铭记心头。

刘胡兰整个童年时代都是在烽火斗争中度过的，可以这样说，云周西村的革命者人人都是英雄，英雄就隐藏在人民群众中。

前些日子，中共文水五区区委书记韩汝范在村里安排工作，日军太想抓住他这条大鱼了。可每次都由群众掩护，平安脱险。

脱险机智之非凡，叫人感叹不已：有老乡急中生智，塞粪筐、粪叉给他，将他扮成一个拾粪老汉，平安出村；西瓜地里，他被便衣抓住，有老乡赶紧报告搭救，埋伏在附近的武装人员不仅救出他，还抓住三个便衣特务，被人们美其名曰：瓜园战斗；韩书记在农会秘书家里开会，陈德照母亲陈大娘听到狗叫，知道是日军和"皇协军"光临，不顾生命危险，赶快跑去报信，使他化险为夷……

在漫长的抗日斗争中，云周西村没被敌人抓走一个革命干部，老百姓说：干部们出了事，咱对不住共产党和毛主席。正因为如此，云周西村成为远近闻名的抗日活动中心，也更被敌人汉奸愤称为革命根据地、红色堡垒"小延安"；它也为抗战胜利做出了巨大牺牲，是革命者扎根群众，群众紧跟党走，军民鱼水情深的典范。

所有这些都深深刻印在刘胡兰心里。

刻印在心里的东西自然会在神色行动中体现出来，干部们说的话，做的事，一言一行，一举一动，都潜移默化地影响着胡兰和她的小伙伴，像刘芳的潇洒、顾永田的勇敢，到处传诵的瓜园战斗，叫她们无比羡慕、敬佩和向往，经常做游戏模仿。

游戏中隐寓着一切，但又并非只是游戏。

在这期间，刘胡兰又认识了一些抗日工作人员，其中之一就是抗联干部吕雪梅。吕雪梅身材挺拔，办事利落，人长得漂亮，还和蔼可亲。在一班男性干部中，因为性别原因，刘胡兰尤其喜欢并乐意接近她，模仿其一举一动。

其实模仿是最好的学习。云周西妇女纺线织布，赶做军鞋，支前抗日，热朴朴的场景随处可见。在与抗日工作人员接触的日子里，一些干部就成为孩子们争先效仿的对象，吕雪梅就是其中一个。

这天，她们就地取材，自编自导，一出"做军鞋"游戏很快闪亮登场。

只见胡兰往炕头一站，学着吕雪梅的样子，说："老乡们，八路军在前方打了胜仗，为叫他们多杀鬼子，咱妇女应该给八路军多做军鞋，支援他们打胜仗。大家说，行吗？"

"行！"扮演妇女群众的玉兰、金仙等一边高声应答，

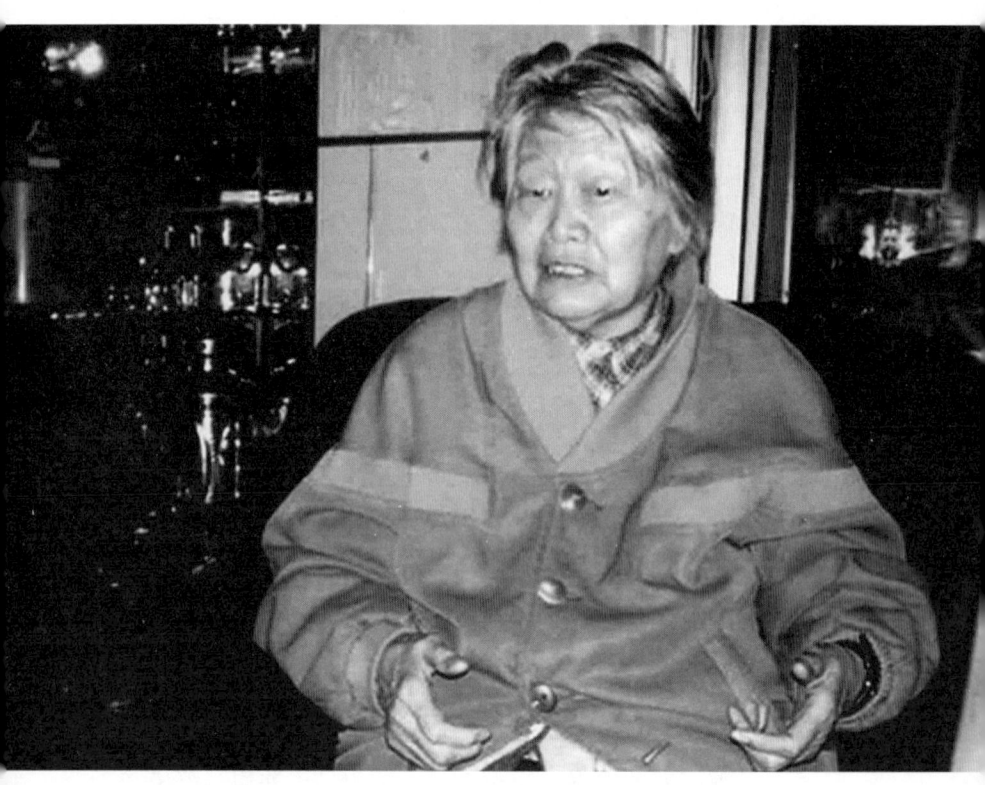

★ 培养刘胡兰的入党介绍人之一的吕雪梅（老年）。

一边憋不住吃吃而笑，都说她学得还真像！

刘胡兰年龄不大，但胆大聪明，点子多，敢担事，无论干活还是玩耍，样样出挑，说话做事常在理儿，有大人样，是名副其实的"头儿"，小伙伴都愿意听她的，像玩这种高级游戏，当干部角色，当然非她莫属。

现在一听"吕雪梅"发出任务指令，"妇女们"纷纷拿起纸片儿，纳鞋底，上鞋帮，做起了"军鞋"。正做得起劲儿，"吕雪梅"忽从门外跑进来，跳到炕头，对"妇女们"说："不好了，乡亲们，鬼子来了，快把军鞋藏起来！"

墙角里、炕席下、灶台里，都是藏鞋的好地方。大家认真藏好鞋，然后若无其事却又煞有介事，努力装出很淡定的样子来应对敌人。

"砰"，门被踢开，几个"日本鬼子"凶神恶煞地闯进来，大声喊："军鞋地都藏哪儿了？快快地拿出来，不然这个地明白？""日本鬼子"一边说一边挥起棍子，做出打人姿势。

"要鞋没有，要打就打。""吕雪梅"和"妇女们"齐声喊道，拒不交鞋。"日本鬼子"四处搜查，却一无所获，只好灰溜溜地走了。

待"鬼子"出门，"妇女们"拿出军鞋，交给"吕雪梅"。

刘胡兰继续学着吕雪梅的口气说道："老乡们，军鞋任务咱村完成得很好。赶明儿鞋送给八路军，让他们穿上，多打胜仗！"

哈哈哈！没等胡兰说完，大伙全都出戏，忍不住开怀大笑！

并非单纯只是游戏，里面藏着胡兰他们多少渴盼和愿望，多少情怀和向往。

三岁看大七岁看老

云周西一带流传着一句老话：三岁看大七岁看老，意思是说：一个娃娃从两三岁做事就能看到他未来的趋势，从七岁就能看到他一生的性格走向。

刘胡兰自懂事起，在大人影响和教育下，成长为一个仗义、敢于担当而又善良朴实的孩子。

云周西村村民石红甲一辈子受地主剥削，老来无依无靠，流落成乞丐。每见他打门前走过，刘胡兰就问奶奶他为啥讨饭。奶奶叹口气说石红甲给地主担了一辈子水，啥都没挣下，现在老了一脚给踢出来，只能讨饭吃。刘胡兰又问他为啥穷呀。奶奶回答不了这个问题，只有叹气。后来刘胡兰听八路军干部说是旧社会旧制度弄穷的，这仿佛唤醒了她幼年记忆，她就更同情石红甲，老把自家的高粱饼给他吃。奶奶埋怨她，说咱家还穷得快吃不上饭，你还拿饭给别人。刘胡兰说我愿意饿一顿也要分给他吃一点。

为抗战支前，云周西一带的农民被发动起来种植棉花。刘胡兰家也种了几亩。一天下午，她随爷爷、奶奶和爹到地里摘棉花。邻居双牛大娘的地跟她家的紧挨着，老两口也在地里摘棉花。一块乌云不留神就罩在头顶，隐隐伴有"轰隆隆"雷声，眼看一场雨兜头就来。双牛老两口抬头看看天，心里急得着了火，手下却快不了，说这下可完了，白腾腾棉花一遭雨就全毁了。刘胡兰听了这话，跑过来就帮双牛夫妇摘起来。奶奶阻拦说，咱家的活儿还没干完，倒帮人家干，你傻不傻。刘胡兰说咱家人手多，一会儿就摘完了，双牛大娘就老两口，摘不完遭场雨，他家哪受得了。话没说完，两只小手就忙活起来了。双牛大娘既感激又过意不去，说胡兰子不用了，快摘你家的去吧，你家还没摘完哩。胡兰只是笑，手上却忙个不停。一会儿工夫，双牛大娘这边的摘完了，胡兰家那边的也摘完了。两辆尖足子车刚进村，大雨便哗哗砸下来，刘胡兰就又帮双牛老两口往屋里背棉包。

现年90岁的白珠，1948年参军解放太原，后参加抗美援朝战争，1958年退伍回乡，与公社武装部干部等组织创办刘胡兰班，意欲将革命优良传统保持下去。白珠老人回忆说，他外婆家与胡兰家斜对门，他外婆与胡兰奶奶两位老人都信神，像妯娌一样相处甚密。他父亲白玉河任云周西村抗战八年期间的支书，最后由石五则出卖，被阎军乱棍活活打死。年长刘胡兰一岁的白珠性情温和，小时候常住外婆家，和胡兰一个班上学，胡兰成绩好，老考第一。他们一群小伙伴经常一边玩一边站岗放哨。玩啥？打瓦儿、钉钱钱、跳格格、捂眼儿、老鹰捉小鸡……白珠说母亲病故对胡兰幼小心灵造成很大伤害，一说起亲娘，姐妹俩就掉眼泪。胡兰抹把泪，对爱兰说咱刚骨些，不能老抹泪，叫人笑话。一次，一个小伙伴不小心掉进茅厕，别的孩子不是跑就是笑，只有刘胡兰把她拽上来，不怕脏不怕臭，还为她脱脏衣服，帮她料理。

旧社会，穷苦人遭苦受难无处诉说，女人们就信神祈

★ 刘胡兰烈士发小、援朝老兵、刘胡兰民兵班创建者之一，现年 90 岁的白珠。

祷，刘胡兰奶奶是村里有名的神婆子，有时还强迫她姐妹俩也跟她一起祷念。刘胡兰起先弄不懂，就问村来的八路军干部：天上有没有神？地上有没有鬼？神鬼到底能不能帮我们谋来好日子？那些干部就启发她：胡兰你看啊，假如有神有鬼能帮我们谋来好日子，为何劳苦大众这么多年依然受苦受难，缺吃受穷，受剥削压迫，翻不了个身？可见没神鬼，如果有也解决不了这些问题。那靠谁解决？还要靠共产党领导，靠我们自己斗争来获得解放！

刘胡兰起先迷茫，后来明白了，一见奶奶祷告，她就唱歌讽刺她：烧上三炷香，点上照尸灯，头不抬眼不睁，赛如活死人。奶奶就拿拐杖打她，嫌她触犯了神灵。这时候，刘胡兰就跑走了。她知道奶奶老了，有些想法一时改不了，始终不信那一套。

渐渐长大的刘胡兰，明白的道理越来越多。年纪小时，有地主家儿子欺负她和伙伴们，她光气不知如何同他们斗争，等慢慢长大，她就常组织小伙伴同地主少爷斗争。一天，她带妹妹挎着元宝篮，要约两个同伴采苜蓿，挖野菜。每逢这时，她总要拐到石世芳家看看。在她心目中，她很信任这个像她大爷一样的革命者。

走到地块边，一小片野菜肥硕，很是诱人，四个小姑娘刚蹲下来挖，就被地主少爷石德珍拦下，被大声吆喝："这是我家的地，穷鬼们滚开，快滚开！"一边喊一边踢打她们。刘胡兰气愤地站起来，召集几个小伙伴聚在一起，商量对策，今天她们要狠狠教训一下这个霸道无理、老爱欺负人的小少爷。他已经欺负她们好多次了，她们已经忍他好久了。

上一次，石德珍抓了个虱子，硬往胡兰一个同伴嘴里放，说要她尝尝肉的味道。胡兰在一旁看见，二话没说，抢上前就打了石德珍两个耳光，并质问道："你凭啥欺负人？"石德珍咆哮，说她纯属多管闲事。两人就动起手来。石德珍虽是男孩，但养尊处优，衣来伸手饭来张口，从力气和气势上根本比不过刘胡兰，加上玉兰、金仙、白珠等小伙伴们一拥而上，把石德珍打得鼻青脸肿，咧嘴大哭。石德珍父亲闻讯赶来，气势汹汹问是谁打的。小伙伴碍于石家权势都不敢吱声，刘胡兰挺身而出，说我打的，要咋！其他小伙伴一看刘胡兰敢担当，而且还干巴硬脆，感到有了主心骨，呼啦一下都拥在她身后。老地主一看这么多孩子，也没办法，只好大声威胁责骂几声，悻悻拉儿子远去。

这次石德珍以为能得了便宜，更加趾高气扬，带头想打架，只见刘胡兰几个早挽拳冲上来。石德珍想起上次跟她交手的结果，早气虚声浮起来，没几下就被刘胡兰等几个孩子打得连连求饶，直说再也不敢了，饶了我吧。

人们都说，三岁看大七岁看老，横看竖看，竖看横看，怎么看刘胡兰都是个好奴则[①]。

爹爹支前

胡兰从小生活在革命之家。

[①] 山西话，姑娘的意思。

大伯刘广谦见多识广，只要一回来，就给她说外面的事，很大程度上开阔了她的视野，增长了好奇心；后来进门的继母胡文秀之前是南胡家堡村妇救会干部，识文断字不说，关键是还能请教她接下来的妇救会工作；令她惊奇的是，连一向寡言少语的父亲，竟然也是支前英雄和模范。

1940年的一天，天渐渐黑下来，家家户户亮起油灯。灯光如豆，星星点点，闪闪烁烁，夜色一片静谧，为夜幕下的村庄平添几分温馨。灯光虽然微弱，但点亮的是人们对和平安定生活的无限向往。

胡兰一家吃过晚饭，母女俩忙着收拾碗筷。爹爹刘景谦似乎没有歇息意，他起身披件棉袄，看样子是要出门。奶奶见状，麻利包好几个杂粮饼子，塞给他，小声吩咐说路上可要小心！

刘景谦"嗯"了一声，饼子往怀里一揣，转身出了门。奶奶带着胡兰姐妹站在门口，一直目送着儿子的背影消失在夜幕中，三人才转身回屋。奶奶一声长叹，叹出满腹重重心事。

这样的场景，在最近的日子里，刘胡兰见过好多次。爹爹平日里很少出门，在最近经常晚上外出，不知行踪，而且一走就是三五天，回来总是大半夜。爹爹在忙啥呢？刘胡兰很想一探究竟。

云周西村东堰外，密密麻麻会集了不少人，大多是青壮汉子。今晚他们将执行一项秘密任务——为西山的八路军运送布匹。

自敌人实行"扫荡"和"囚笼"政策后，敌占区斗争形势变得十分严峻，驻扎山区的八路军缺衣少粮，急需补充给养，要平川向山区运送粮食、布匹等物资成了经常性任务。区干部一发动，许多群众就自发加入到支前队伍中来。

刘景谦这个老实巴交的汉子，主动走出农家小院，成为支前队伍中最坚定的一员。

夜色中，支前队伍浩浩荡荡向西出发，每人背布两匹，不声不响，行色匆匆。

支前不仅路途遥远，还要穿过敌人严密封锁区，在密集炮火下运送物资，不亚于虎口拔牙。说实话，这事就是脑袋别在裤腰上，谁也不敢保证能活着回来。

有句话说得好，明知山有虎，偏向虎山行！为了我们的八路军，为了早日得解放，咱老百姓豁出去了！刘景谦和无数支前队员就是这么想的。

夜半时分，队伍行进到西山口子，这里正是敌人的封锁区，队伍更加谨慎，步步惊心。

突然枪声大作！不好！敌人发现了！几乎同时，负责掩护的游击队也向敌人开火了。炮弹呼啸而过，子弹啾啾作响，枪炮声震耳欲聋，片片火光直冲夜空。谁料老天不作美，电闪雷鸣，一场暴雨泼头就来。

真是雷声雨声枪炮声，声声入耳；家事国事抗日事，事事关心。

一部分人冲过封锁线，未冲过的就隐藏在高粱地里，等待时机。

雨夜，山路泥泞。支前队伍身处枪林弹雨，背着硬邦邦两匹布，艰难前行，危险无时不在。饥饿、劳累、惊惶、恐

★ 刘胡兰父亲刘景谦为八路军前线运送物资，深深影响了年少的刘胡兰。

惧齐齐涌来，无法想象支前的每个人都经历了怎样的煎熬挣扎与生死考验。

这是支援八路军，就是伤了死了，也是值得的。一向埋首于务农耕作，善与土地对话的刘景谦，此时也豁了出去，他一边跑一边把布抱在怀里，死死不放，已下定决心，人在布就在！

终于送达目的地，但此次行动，十几位农民不幸牺牲，他们的鲜血洒在了去往延绵雄伟的吕梁山路上。

天快大亮，迈着铅一般沉重的腿走进家门，令刘景谦没想到的是，一家人守着一盏孤灯，亲情在等着他。一个浑身滚满血水泥污的大活人站在眼前，全家人都抹着眼泪儿笑了，老的小的几颗悬着的心才总算放下来。

"路上咋样？"家人既好奇又觉得惊险，禁不住七嘴八舌问。

算不上惊心动魄，但总是人生经历，问一声，说一句，断断续续讲给家人听，每个人都心有余悸。情形那么危险，任务还要坚持完成，爹爹一句话，令刘胡兰铭刻在心：

"答应下来的事，就一定要办到。宁死也不能扔掉公家支前的东西。"

身教胜于言传，刘景谦用无言的行动感染和教育了自己的女儿。

清明脱险

家庭濡染，环境熏陶，前辈影响，时代召唤，八九岁的刘胡兰在儿童革命斗争上显得很是"老练"。

1941年清明节,胡兰随爹祭奠了娘,一向勤快的她可没闲着,在村头地边儿拾柴禾。穷人的孩子早当家,艰苦的劳动和革命斗争的过早到来使她迅速成长。

拾柴累了的刘胡兰直起身,伸个懒腰,习惯性向四周望望。生活在战争年月,自然要养成高度警惕性和敌情敏感性。

只见远处一队人马正向村子这边移来。

不好,是鬼子!刘胡兰马上意识到什么,转身向村里撒腿跑去。这么急着往回跑,她可不是因为害怕,是赶着要去报信儿呢!

别看刘胡兰年纪小,革命头脑真不少,贴标语、送情报、站岗放哨她无所不能。要么假装玩耍游戏,要么挑菜拾柴,村口儿、槐树下、地头边儿,都是她站岗放哨的好地方。好多次,革命干部因为她通风报信才安全脱险。眼下又发现敌情,她无论如何得把这个消息报告给陈德照。

此时,陈德照正在他三舅石三槐家商量事,刘胡兰气喘吁吁闯进来说:"万生哥①,不好了,鬼子来了!咱村有没有八路军同志?"

刘胡兰知道,云周西村经常有上级干部来开会,有时开得晚了,就会借宿到村民家里。这次真被她言中了,区长张由义这两天就住在村东头石秀文家,要是被敌人搜查到可就危险了!

---

① 陈德照小名为万生,故如此称呼。

好狡猾的敌人，过个节也不消停！陈德照心里暗骂一声，他心急如焚：这消息现在告诉张区长，怕是来不及了，咋办？

"不怕，我去告诉石大爷，我人小，敌人不会注意的。"刘胡兰自告奋勇去报信，没等陈德照再叮嘱什么，早就一溜烟儿跑没了人影。

村西头距离村东头可不近。刘胡兰两条小腿儿能跑得过敌人？万一碰上敌人，她能脱得了身？张区长呢？他会闯过这一关吗？一连串的问题令陈德照不免替胡兰子捏了把汗，更替张区长揪起了心。

拐巷子，溜小路，抄近道，爬断墙，穿空院，狗不咬，鸡不叫，熟门熟路。通风报信儿又不是干了一回两回，干多了，有了经验，有了成就，叫大人表扬了，胆儿也就更大了，信心也就更足了。

有一回，刘芳和县、区、村干部在村里开个重要会议。刘胡兰知道了，就把金仙和白珠叫上，三人坐在村边槐树底下玩抓石子儿、钉钱钱，明着玩儿，实则放哨。

真是巧，驻扎在信贤村的日本鬼子突然来了，进村直奔村公所。留撮八字胡、扛枪拿刀、耀武扬威的鬼子，要是给了别的小孩儿，可能早就吓跑了，刘胡兰和小伙伴们却旁若无人，玩得正带劲——你走你的路，我玩我的子儿，谁怕谁！

敌人哪里知道，这三个说大不大说小不小的孩子，暗中早把他们的人枪数了个底朝天，还摸清了他们此来目的——抢粮。

情况及时报给了干部,他们及时化装转移,躲过一劫。

还有一年冬天,晋绥八地委抗联主任米建书,八分区农会干部宋丕显、县抗联主任陈华、韩汝范等聚在陈德照家召开会议,正好日本鬼子来搜查,也是因为刘胡兰及时报信,他们才安全转移,化险为夷。

刘胡兰机智,点子多,做事叫人放心。但这次,陈德照感到时间过得很慢,简直熬人,好久不见胡兰子回来。张区长咋样了?是否已脱险?陈德照如坐针毡,焦急地望着门外。

终于,门口,一个小身影忽一闪,直奔自己而来,是胡兰子!陈德照一阵欣喜,急忙迎上去。

"万生哥,张区长和我秀文大爷已经出村!"胡兰子满头大汗,一跑进门,不顾气喘吁吁,赶紧汇报情况。

"他俩咋出的村?"陈德照还是不放心,村口一定会有敌人把守,此时出村,怕要遭遇敌人。

"张区长装扮成农民,秀文大爷装成泥匠,一个挑水桶,一个挑石灰和工具,他们从堰上出的村。"

直到确认张区长安全了,陈德照一颗悬着的心才放下来。

事后石秀文说起此事,说他俩走到护村堰真就碰上敌哨,被截住盘问干啥去。石秀文指指不远处的坟,说今儿清明,给老人上坟,顺便修理下石碑。哨兵信以为真放过他们,就这样两人机智脱险,说到底多亏胡兰子报信儿!陈德照听了点点头,说这个胡兰子真是好样儿的!

从1942年起,刚满10岁的刘胡兰就加入了儿童团,站岗放哨，准确及时传送情报，使党员干部免遭巨大损失，受到党和群众赞扬，她向党组织靠得更近了。

一张珍贵相片

1942年农历腊月二十八，刘胡兰姐妹迎来了她们生命当中的第二位妈妈——胡文秀。胡文秀长得清秀精干，性情温和，手脚勤快，知书达理，很早就参加抗日战争，当过南胡家堡妇女救国会宣传干部。通情达理的胡文秀以一颗包容谦和之心，与刘家相处和谐融洽，尤其对胡兰姐妹，她更是十分用心。她教她们做家务，学文化，与人相处，做人道理，还常给她们讲她娘家群众抗日的故事，听得姐妹俩很是过瘾。刘胡兰为有这样一位继母感到高兴，有了心事总爱和她说，有不懂的事儿也去问她，亦母亦女亦师亦友。实际上胡文秀从此成了刘胡兰的家庭启蒙老师、心灵伴侣与革命知音，以致后来刘胡兰投身革命，凌晨搭晚出门，半夜三更回家，都是胡文秀开门。二人约有暗号。什么暗号？暂且不表。可见心灵默契之深，相互温暖之情，相互信赖之义。

母亲临终之时，刘胡兰答应要疼护爱兰。遵守诺言、有责任心的刘胡兰在吃喝穿戴上都将妹妹照顾得熨熨帖帖，十分周到。每到麦子黄熟，胡兰总要提上篮篮去捡麦穗，卖掉换布做衣穿。妹妹体弱，她怕她晒病，便早早打发她回来。爱兰怕拾少，穿不上新衣，舍不得回来。胡兰就告诉妈妈，她的旧衫子还能穿，主要给妹妹做新衣服吧。

可有件事，刘胡兰一直谁都没告诉。

这是一个很少有人知道的秘密——刘胡兰曾经珍藏着一张非常珍贵的相片,一张毛主席大二寸免冠照。在那个艰苦岁月里,能拥有一张毛主席相片,是多么不易之事!

那么,刘胡兰是怎么得到这张相片的呢?

如果要让敌工站站长刘芳来说,那纯属"半路打劫"!

究竟咋回事?说来话长。

众所周知,抗战时期,晋绥八分区是我党中央机关所在地陕甘宁边区通向全国其他抗日根据地的要塞,因其战略地位的重要,这里也成为日军进犯的重点。因斗争需要,我党秘密建成了一条护送革命同志、重要文件和军需物资前往陕甘宁边区的地下交通线。这条地下交通线横贯黄土高原,连通晋绥,密布吕梁,将抗日根据地与陕甘宁边区相隔一河,与晋察冀抗日根据地的北岳区,晋冀豫的太行区、太岳区遥相呼应,是延安通往敌后各根据地和京津等大城市的必经之路。朱德、彭德怀、陈毅、贺龙、刘少奇等无数老一辈革命家,由秘密交通员护送,冒着枪林弹雨,冒着生命危险,都曾穿越过这条秘密红色交通线,沿途留下了许多可歌可泣、脍炙人口、鼓舞人心的革命战斗故事,至今为百姓喜闻乐道。

巍巍太行,绵延吕梁,群山叠翠,大河浩荡,可谓表里山河,气象万里。踏入吕梁大山,让人恍惚进入另一个时光隧道:不只时间概念被拓展,连地域概念也被光明和智慧而改写。无论是抗日战争还是解放战争,吕梁大山都曾是主战场,在每一道沟壑褶皱里,英雄的吕梁儿女为革命做出了巨大的牺牲和不朽的功绩,他们既留下了非常密集的红色遗址，更用鲜血和生命铸就了伟大的吕梁精神。其中，胡兰精神便是其中最为突出、最为典型、最为撼心动魄的一部分。它们是源与流的关系。

光荣的红色历史、悠久的革命传统，为吕梁山的亘古雄伟、黄河的万古流淌，增添了一抹挥之不去的英雄壮丽色彩。不说抗战时期，在这吕梁山上为国捐躯者几何，也不说老区人民对抗日战争和解放战争贡献究竟有多大，单是红色基因对这个地域的政治、经济、文化等持久的影响，即可想象得到，吕梁儿女在不同时代披坚执锐，与时俱进，书写历史。

文水是吕梁正在建设的"沿黄红色旅游圈带"中绕不过去的一个红色县域。

地处晋秦古道、位居咽喉锁钥的文水，307国道穿境而过，纵横百余华里的红色交通线，路经康家堡等10多个村庄。在小小的、现如今名不见经传、遗世而立的康家堡，刘少奇、贺龙曾路居于此，故而康家堡村东一条路，村人称之为"少奇路"，路上一座桥，村人称之为"贺龙桥"，默默诉说着政治基因与红色密码。

在分区党政军民的精心安排和密切配合下，文水县在保证被护送同志衣食住行方面，都能做到专人负责，有接有送，隐蔽安全，万无一失。智勇双全、训练有素的武装交通队员们，在敌人眼皮底下，一次又一次成功护送革命领导干部通过了敌人的封锁线。这条贯穿在敌占区、游击区犬牙交错的秘密红色交通线，被战士们誉为"钢铁走廊"。

话再说回来。1942年年底至1943年正月期间，刘芳等接到了护送中央4位同志到北京和上海的任务。同志们到文水后，被秘密安顿在武良村休息。利用此间隙，我方暗中派人到省城太原，购置用于化装的衣物。

尽管这些行动都非常隐蔽，但狡猾的敌人还是嗅到了风声。

这天刘芳正在东城村办事儿，忽然有人急切跑来告诉他：中央领导驻扎武良村的消息，已经被一便衣特务报告给了驻扎在信贤村的日军，他们马上就要动手了！

但信贤据点里的情报组长岳德胜与我方早有联系，当他获得这条情报后，迅速派人来东城村与刘芳接头。

事不宜迟，怎么办？

刘芳心急如焚，但脸上却一副若无其事，他不紧不慢对来人说："没这回事，是有人在胡说，你回去吧！"

不愧是战场老手，有胆有识！

来人走后，焦急万分的刘芳二话没说，立即跳上自行车，飞一样直奔武良村。快！快！一定要赶在敌人前面通知4位同志。

等他将4位同志安全带到东城村，武良村就被敌人团团包围。好险哪！

为向刘芳等表示感谢，也是赞许，4位同志将身上带着的两张毛主席相片留给了他，藉以鼓励同志们在残酷的环境下，革命不息，斗争不止。相片纸质很好，还印有"赠某某同志"字样。

战争岁月里，能得到主席相片，太叫人感动了！刘芳的心情可想而知，他当即在相片背面写下4个字：英明领袖。

字字有力,饱含深情。为纪念这个日子,他还在笔记本上写下这样一句话:路过的同志赠我两张珍贵的毛主席相片。

相片和笔记本一直被刘芳珍藏,如影随形。这年夏天,他要离开云周西村回分区参加整风运动,临走连同部分文件分别交给刘胡兰和李光明两人,其中夹有主席相片的笔记本刚好就保存在了胡兰手里。

年底时,刘芳再回云周西,他惦记着这些宝贝,当他取回东西清点时,才发现少了一张相片。他试探地问胡兰:"这里有个重要文件找不到了,你见过吗?"

"啥重要文件?"刘胡兰扑闪着两只大大的眼睛,似乎在明知故问。

"好你个鬼丫头,跟我捉迷藏!"刘芳已经断定,她这是在充愣装傻,于是掏出笔记本示意到:就是这里夹着的那两个重要文件。

"哦,那个重要文件我要了一份。"刘胡兰终于没忍住,捂嘴笑了起来,证据面前,她"半路打劫"的行为已经坐实,不承认也不行了,只得全盘招"供"。

原来刘胡兰发现相片后,如获至宝,兴奋得要命,这可是朝思暮想的领袖毛主席啊,而且不是画像,是相片!她让奶奶专门做个小布包,用来珍藏主席相片,没人时偷偷拿出来,看啊看,真是爱不释手!那时她就打定主意:这宝贝归我了!

可招归招供归供,看着胡兰子如此珍爱这张相片,刘芳虽然无奈,但一个大男人,总不能太小气了,而且他又是领导,总要想方设法激励战士们,团结同志们,只好忍痛割爱，顺水推舟。就这么，刘胡兰曾拥有一张主席相片，后来情势危急，她还是上交了组织。

至于另一张相片，刘芳一直贴心保存着。

西社夺粮

1942年到1943年，日军因物资供给出现很大困难，穷凶极恶，在敌占区到处抢夺搜刮。党组织发动群众进行两手斗争：一面抗粮，一面抢粮。

配给任务5万斤，不抗不行，许多农民不要说少吃没穿，就是不吃不穿也交不起。怎么抗？少报地亩，扩大灾情，合并户数，抗拒差役，埋藏粮食，或掺水掺土尽量少交，或干脆将缴粮任务引向地主富户。

石廷璞等几家地主偷偷向敌人交清粮食，领回清粮条子，借机讨好敌人。

石世芳等闻知，马上发动群众转移粮食。

当敌人开着大车再来抢粮，刘胡兰趁机说："没交粮的都有粮，交了粮的都没粮了，不信你们搜查。"结果敌人发现地主家藏粮还很多，就说："你们先替穷鬼们交了，等有了粮再让他们还你们。"几家没准备的地主欲哭无泪，直呼上当，而党员和群众都说胡兰人小鬼大，机智得很，为胜利抗粮贡献不小。

一面抗，更主要是抢，才能夺得珍贵粮食。为反抗敌人抢粮暴行，中共文水县委做出决定：夺回西社、下曲这些大镇日伪据点里的粮食，确定由县长李魁年负责组织群众，为此次行动总指挥，敌工站站长刘芳搞内线工作，六支队配合行动，里应外合，一举夺粮成功。因各区村都成立有"反抢粮小组"，没几天，一支一万多人、100辆大车的反抢粮大军就组织起来了。云周西也出了几十名群众、10辆大车，刘胡兰等十多个妇女也都积极参加。

其中西社夺粮最为惊险。

说起西社村，那是四县三区交界点、分岔口，十里八村都有名。古话常说，西社村，汾河水，戳弯处，老码头，古渡口，不信你就走一走。汾河几经改道，这个位于汾河中游、跨汾河两岸的西社巍然雄踞，初建于北宋年间，重修于康熙年间，宏阔的带乐楼的观音庙便是见证。

交通不发达时，西社古渡口是内地通往西安、晋绥等地的必经之地，亦为捷径之途。相传1900年，清光绪二十六年，庚子事变，八国联军入侵，为避祸保命，慈禧携光绪帝及皇室要员西逃，走的是山陕驿道，途经西社古镇，就由一艘大木船，几位船坊汉子将这群成为丧家之犬的皇室贵胄护送过河，宿于祁县贾令村一户殷实农家。红军东征，一个小分队走的就是该渡口。1942年，陈毅化装成商人，由当地地下交通员秘密护送过汾，走的也是西社古渡口。时值寒冬腊月，冰冻三尺，陈老总一行步行冰面，行至开栅一带，逃出敌人封锁线，这位以风趣著称的虎将，哈哈大笑，遂即兴赋诗两首。

俗话说，靠山吃山，靠水吃水，汾河三年两头泛滥，河漂水淹，西社村人得其害多，受其益少，故在村内修了"九庙十五道"，藉以避邪镇灾。

因地理位置独特,交通便利,西社村商贸繁华,人称"小祁县"。日寇侵战前,村大街长达三余里,排厦厦,门楼楼,抱厅厅,庑顶顶,斗拱拱,四扇门铺子一家挨一家,可谓商贸兴盛,旅客络绎。据村泰山庙碑文记载:同治四年,四世同堂之家不下百家,约1600余户,保守估计,最鼎盛繁华时期,西社人口在万人以上,为文水名副其实四大镇之一。因傍河夹道,三教九流,眼宽心野,村民养成了刚正纯烈、勇猛豪爽、侠义心性、爱红火热闹的性格。你看吧,进腊月门,天天赶集,日日闹票,一过腊月二十三,打发灶王爷爷一上天,街面集市更加红火,家家户户扫舍净尘,挂灯笼,贴桃符,蒸花馍,炸油糕,做肉食,捏枣山山,供祖宗牌位;年三十晚上,更是鞭炮齐放,爆竹除岁,一切换新,迎福接神,一元更始,万象更新;红火与喜庆要一直持续到正月十五过了的老添仓①,这个年才算过得结实。

遗憾的是,河漂水淹与连年战争将古村繁华带去十之八九。最大一次水灾发生于光绪年间。汾水漫村,十之八九商铺、民户被淹,人畜死伤惨重,损失严重;大水退后,大街淤泥厚积二尺有余,从此大部分商户迁往外地;随后连年战争,古镇走向衰落,繁华不再……

侵华日军进驻文水后,自然盯上了西社村这块肥肉。

1939年春,百十个日兵进村,见民风淳朴,地理位置优越,进可攻,退可守,遂修碉堡,筑工事,屯集粮,抓壮

---

① 晋北人亦称"填仓节"。在这天,人们要在放米面的地方焚香,代表填满粮仓,祈求丰收。

丁，驻扎下来，准备糟蹋你。他们以西社为轴心，与大象、下曲两个据点互成掎角，骚扰并控制文水整个县域东半县。随着战事凋零，由百十来人到一排，后来十几个，最后七八个，驻扎时间长达六七年，直到1945年最后投降，都不舍得放弃西社这个古渡据点。

1941年，随着太平洋战争爆发，日军丧心病狂，强化治安，在敌占区实行"三光"政策。我晋绥八分区指挥部带领群众展开了反扫荡、反蚕食、反围剿斗争，取得了"把敌人挤出去"战略上的胜利。文水地处晋中平川，汾河谷地，人多粮丰，西社村自然成为文水东半县敌我争粮夺食的焦点之所。

任务在有计划、有组织下展开。

此次抢粮摸黑行动，人推独轮车上阵。

本可以赶牲口，套大车，可又怕牲口难笼络，闻枪易受惊，踩伤抢粮群众，加上车多人杂，转弯掉头不方便，出声会惊动敌人，所以区领导要大伙辛苦些，清一色精壮后生推独轮车，差不多四五十辆，车小好掉头，车轻好驾驭。每辆独轮车紧随四五人，负责装卸帮推。小鬼子怎么吃进去，就让他给咱怎么吐出来！大快人心的好事儿，群众哪个不兴奋，哪个不赞成！个个群情激昂，积极响应。

刘胡兰等十几人分散在各个车马组，做多做少不拘，反正不能走散，这是组织命令。一哨人马，川流不断，沿途得信儿的群众不断加入，浩浩荡荡，蔚为壮观。

下午时分，大队人马在西社邻村杨乐堡附近整编集合，分成十几个大队，大队下分小队，小队随大队，大队护小队，以纵队编号，确保抢粮有序进行。

12岁的刘胡兰一身小后生打扮，裹在人群中。

挨到傍晚时分，月黑风高，区领导率民兵、独轮车队和百姓摸进西社村。一路上，刘胡兰紧抓车辕，生怕走散，给组织造成麻烦。天黑人众，雌雄难辨，她是代父从军的花木兰。

不便打问组织者是谁，听说是抗日政府六支队和二支队。领导运筹帷幄，已成功策反驻城隍庙四五十名国军，每人塞给十几块现大洋，有的恨不能再长两条腿拼命往家跑，有的当即加入抢粮队伍。这样一来门道皆熟，十几名游击员摸到村西正午庙。日兵全龟缩于此。庙门前给它埋上地雷、炸药，并用机枪封锁，而后街上放声嚷嚷，用威严简短的口令在喊：

　　一纵队快上！

　　二纵队快撤！

　　三纵队跟上！

　　四纵队掩护！

　　……

意在营造浩大声势和浓烈攻势，将百姓编成纵队，既为进退有序，更为迷惑敌人。几个留守日兵，一来人少势寡，二来摸不清形势，只好躲在庙里，吓得不敢出来。

有人提议连这些鬼子一块端了！区领导严肃指出：正面交火容易惊慌抢粮百姓，更怕落下后遗症，偷牛的走了，逮住摸橛的,本村百姓遭殃,那可使不得。

一进村,独轮车直奔正街。侦探早就摸清,日军蓄粮日久,前几天刚好将清、孝、汾、交、平、介、文等各地粮食集运于此,接近榆、祁两条铁路干线,不日将运往前线,支援前方战场。筹粮范围如此之广,可见屯粮数目不小。

粮食主要囤积于正街和泰山庙。为看清晰,隔一段燃一火把,排厦厦、卷棚棚、抖拱拱、廊庑庑下码满粮袋,袋印"米""面"字样,有小麦、高粱、玉米、小米、黄豆、黑豆、绿豆等,足有几万斤,还有几百桶油,泰山庙侧殿还藏有几千匹布。

盘子早就踩定,进口出口、来道回道、撤退路线也早就规划好。此次夺粮分三个步骤:乘百姓造乱之时,八路军、游击队、民兵们的独轮车和尖足子车队作先头部队,停在堆积如山的粮堆旁,大家搬的搬,抬的抬,背的背,扛的扛,你来我往,井然而序,一袋袋粮食被装上车。前面装满,后面跟上,一车又一车,源源不断。大家都争分夺秒抢时间,顾不得汗流浃背,顾不得腰酸背痛,只想快点儿,再快点儿,这是百姓救命粮,这是日军罪恶粮,一定要夺回去!

装满的车由专人护送,专人助推,排队直奔西山;随后几万群众纷纷上手,能背多少算多少,能抢多少算多少,抢上就走,背上就跑。有人脑瓜灵,心思活,他们嫌粮食重,粮袋笨,背上一袋,跑不快不说,图事不顶,反容易发生意外,万一被抓咋办!他们干脆用刀划破米面粮袋,将米面粮倾倒而出,卷十几二十条面袋而去,又轻省,又实惠。那时候缺吃更少穿，百姓们稀罕日军装粮的洋面袋子，想着拿回去做一漂染，一家老小能穿好几年新衣，还能做被褥铺盖，用处大着呢！最后在区领导指挥下，将实在抢带不走的粮食，倒上煤油，付之一炬。一时间，街上噼噼啪啪，犹如燃起了无数细小鞭炮，碎小干燥的粮粒在火光中迸溅，赛如闪耀在百姓心头的革命火种。这细细碎碎的燃爆声，这小小的红色颗粒，既为我方此次军事行动顺利庆贺，又为破坏敌人转运粮食行动而助威呐喊！

虎口夺粮，既惊险又刺激，既有成就感又有胜利喜悦。

事后，一个参加夺粮的贫农高兴地说："那年我叫敌人抢去粮食一百多斤，这次我父子夺回麦子近三百斤，外带八条洋布口袋，算找回本儿啦！"

有群众兴奋地计算着：秋天鬼子抢走两万斤粗粮，这回夺回两万多斤麦子，这可都是八路军带给咱的好处啊！

就这样，只一夜工夫，我方军民抢走、损毁敌人数万斤粮食、成千匹洋布、煤油130多桶。第二天，西社街上满是半生半熟或烧焦的粮食，村人扫将起来，洗巴洗巴，能吃的吃，不能吃的喂猪。

那天晚上，刘胡兰先跟着一辆独轮车，后来这辆独轮车装满，她又帮另一辆装，可人小力薄，一袋粮食搬不上去，别人又顾不得帮你，急得满头大汗，才发觉自己这名小战士不合格，于是想方设法帮别人，这里抬一下，那里扶一下，小小力气都使尽了。转眼见百姓满脸兴奋，心甚高兴，后见火光四起，有点舍不得撤退，总之西社非常抢粮成功。

人们熬了大半夜眼，回家倒头就睡，沉睡中又回抢粮梦境。

说到"夺粮"，还有段小故事：那时候，胡兰陵园里面挂着"抢粮"的照片。一天，时任山西省副省长的郑林前来视察，驻足看了半天，深思着说："'抢'不妥，是敌人'抢'了我们的粮，我们把它'夺'回来，不是我们去'抢'他们的粮，还是'夺'更合适。"从此以后，纪念馆宣传图片及资料中统一将抢粮改为夺粮。

铲除汉奸刘子仁

刘胡兰自小刚骨，死见不得软蛋，尤其是卖国求荣的汉奸特务。

保贤村离云周西不远，出了个便衣特务刘子仁，自以为得意便仗势欺人，三天两头到云周西随便打人骂人，横行霸道，干部群众恨之入骨，都说他给中华民族丢脸败兴。刘胡兰更是恨死了他，恨不得立马铲除掉。

1944年夏天的一个晚上，已担任抗联主任的陈德照和几位干部正在他家开会。像往常一样，刘胡兰依然为他们站岗放哨，但这次她没唱歌，实在唱不起来，因为心情不好。近来家里的事儿叫她有些心烦。

大娘生了孩子就病倒了，看样子状况不太好。先是亲娘病故，接着是大娘病倒，这对刘家来说，无疑是沉重打击，奶奶受了很大刺激，隔三岔五闹病，身子不利爽起来。时任间长的刘广谦白天要应付敌人，晚上还要给八路军办事，忙得一天到晚不着家，胡兰奶奶心里老大不痛快，不免叨叨几句。家里重担一下全落在后妈胡文秀身上，既要给一大家子做饭，还要看护生病的嫂子，更要照顾年老的婆婆和年幼的侄子，全家缝缝补补、洗洗涮涮的营生似乎总忙不完。尽管很累，但胡文秀仍不忘安抚婆婆：胡兰她大伯办的是正经事儿，咱忙就忙些，没啥。

这一切都被细心的刘胡兰看在眼里，记在心上，她比以前更懂事、更勤快了：在家里，帮妈妈刷锅洗碗，拾柴烧火，缝洗衣服，照顾大娘，哄弟弟妹妹玩，还要纺线、纳鞋底，到地里送饭、挑菜；在外面，站岗放哨，和妇女们为八路军纺花织布、做军鞋，与战士们一起张贴标语，为八路军通风报信……在慢慢长大的日子里，刘胡兰进一步受到革命熏陶，得到了历练。

这天陈德照给胡兰子布置了个艰巨任务。

思绪有点走神的刘胡兰，被陈德照叫进屋，说刘子仁这个家伙坏透了，我八分区敌工站和区委的负责同志早想把这个无恶不作的家伙收拾掉。刘胡兰说早该除掉了。一位干部说，这个家伙最近瞄上了老陈，到处搜寻，看来不赶紧铲除会出乱子。陈德照说以前见过几面，现在见了面怕认不得他，眼下最重要的先对号入座。刘胡兰听了这话，明白他们是在研究铲除刘子仁之事，连忙说："姓刘的汉奸我认识。"陈德照说："好，那侦察刘子仁的任务就交给你胡兰子。"并布置她下一步如何行动。

只要是领导干部交代的工作，刘胡兰都非常上心。这天她跟父母从地里往回走，忽见刘子仁从大象镇出来往保贤村走。他40多岁，穿身黑衣服，头戴礼帽，腰系一条水粉红

★ 著名画家蔚学高所作《抗日战火炼红心》，亦称《刘胡兰贴标语》。

裤腰带,骑辆破旧车子飞驰而过。她立即递镰刀、篮子给妈妈,向村外跑去。父母知道她一定发现了敌情,也不说破,心领神会看她跑远。

一阵儿工夫,刘胡兰找到陈德照等,报告刘子仁去向。

日落时分,陈德照、石三槐和刘树旺三人悄悄来到赌场摸情况。嘈杂的赌场里,无人注意到他们进来,以为都是来参赌的。吵吵嚷嚷的赌桌前,有个戴礼帽的看着有点面熟,石三槐暗示陈德照:此人就是刘子仁。这下陈德照终于认清了他,果然和胡兰子说的一样。

天擦黑,陈德照不便行动,借口有事先走一步,出赌场门,骑一辆自行车,飞一般赶回云周西,将刘子仁在保贤村赌场的情况向韩汝范和王定省两位同志作了汇报,并详细研究捉拿的策略和办法,最后决定:镇压刘子仁,立刻行动,以免夜长梦多。

半个时辰后,韩汝范、王定省和云周西村几名党员前去保贤村,包围赌场,出来一个扣一个,把人带到附近的磨坊里,可就是不见这个刘汉奸。原来他去了一个常歇脚的地方。

到十来点,一名党员持枪进入刘子仁歇脚处,果见他正舒服地躺着。这名党员用枪抵住他腰间,说陈区长叫你出去说话。刘子仁不愿挪地,知道出去是肉包子打狗,没好果子给他吃,便说有话就在这里说。这里岂是说话之地!跟刘子仁有瓜葛的女人上来哭闹,党员逼她回去,只带刘子仁出来。走至保贤村西真武庙前,陈德照等闪出来,压低声说:"刘子仁你罪大恶极,我代表政府枪毙你。"刘子仁一听本能地想逃，可逃不过枪子。就这样，汉奸刘子仁被处决了。

处决刘子仁的消息传出，群众拍手称快，都说其中有胡兰子一份功劳。

刘胡兰早出晚归是常事。但兵荒马乱、担惊受怕的，家里不可能为她一人留门。为不惊动家人四邻，尤其是上房住的奶奶，要叫她老人家知道了，非叨叨半天，不仅惹得她老人家心烦，还指不定出什么乱子，所以胡兰绝对不能叫她知道。父亲又过于实在，白天地里受一天，晚上睡得沉。妹妹又小，指不上，只有指靠妈妈胡文秀了。每逢回得晚，胡兰不是拿砖头石块敲侧墙，就是学猫叫。反正胡文秀总能听出她的声音，这是二人约定的暗号。每逢此时，胡文秀就会起来给她开门，以此来支持她的革命工作。

东堡报信

1944年是个多事之秋。

夏天的一个早晨，太阳刚睡醒，懒懒地挂在天上，觑眼瞅着人间。云周西护村堰上，急匆匆走来一个人，脸上满是焦急。

他是谁？云周西村党支部书记石世芳。

一大早他就接到可靠情报，说驻扎在据点的敌人要扫荡东堡村。东堡不远，不大，离云周西五里地，像个卫星村，两村人出村进村，往来密切。敌人突然出动，肯定没好事儿！卫范初等一会儿要去东堡村谋划下一步行动。这个消息得赶紧告诉他们，而且必须马上！石世芳撂下碗匆匆出门，直奔卫范初住处而来。

卫范初谁啊？时任中共文水县委委员，因党的工作需要，一直以长工身份在云周西村隐蔽工作，他经常借拾粪、拾柴、挑野菜名义，去东堡村、大象镇等周边一带摸察敌情。其实敌人对他有所察觉，万一今天碰上这股敌人，麻烦可就大了，石世芳必须赶在卫范初出村前阻止他前往东堡村！

此时卫范初并未走，刘胡兰正和金仙等几个小伙伴缠着他讲革命故事呢！自从知道卫范初并非真长工，而是一名党员干部，刘胡兰简直佩服得不得了。给谁当长工不好？非要给个刘树旺！不是掏茅出圈，就是下地干活儿，受死累活。刘树旺码头大，三教九流，黑道白道都能混，出来进去像个流氓。虽然他是金仙后爹，但刘胡兰对他并没好印象。或许正因为刘树旺有这个能耐，卫范初才容易隐蔽身份吧。这样一来，刘胡兰更加佩服卫范初能在如此危险环境下，能在如此艰苦劳动中，甘心穿破衣烂衫，情愿吃粗米糠饭，长期坚持隐蔽工作。能让他如此坚守的原因，除了满怀对党的坚定信仰，对革命胜利的殷切期待，还能是什么呢？这又怎能不令一心向往革命的刘胡兰更加服气他呢！

见到卫范初，又一眼瞥见胡兰子，石世芳一颗提着的心才掉回肚里。石世芳一直很欣赏也挺注重培养胡兰子，有个紧事慢事，别看一小孩子却能顶大事。未坐稳屁股，石世芳就迫不及待向卫范初汇报情况。这边石世芳的心刚一放下，那边刘胡兰的心却又提了起来，她非常着急地说："那我得赶紧去东堡村走一趟了。"

"现在都这个点儿了,敌人可能已经出发,你去干啥?"石世芳和卫范初都疑惑,着急地看着她。

"我常去霍转兰家送信,前几天还送过一些文件呢,要让敌人搜出来,不仅她家受害,况且咱的文件也会被敌人搜走,这损失不小。"

说起东堡村,刘胡兰最牵挂两人,一个是大她18岁的霍转兰。这个坚定的革命妇女,1914年生人,东堡村妇救会秘书,因工作关系,跟吕雪梅接触频繁,跟刘胡兰如母似姐。另一个是小她一岁的李秀芳,很多重要文件不是藏在霍家,就是藏在妇救会经常活动的李家。李家祖上是买卖人,院子盖得阔气,三进三出,东堡村妇救会就扎在李家院内。因屋多院敞,干部们也常在李家活动。刘胡兰常来东堡村,不是住霍家就是住李家。李秀芳幼年丧父,刘胡兰少年丧母,他们都单纯善良,积极要求进步,二人在一个炕上睡过不少日子,成了无话不谈的好友。李秀芳一见刘胡兰来就偷偷拿好吃的给她,刘胡兰教李秀芳好多做人道理和斗争经验,还答应只要有机会就和她一起去延安学习,参加革命。

1947年1月12日,农历腊月二十一,为过小年,李秀芳去云周西买糖瓜儿,不期然亲眼目睹了刘胡兰从容就义场面。惨案发生后,她硬是哭了一路才跑回家的。"宁死不当亡国奴!"刘胡兰最后的誓言和刚骨令李秀芳铭刻终生。现年88岁的李秀芳,只要一提刘胡兰,回忆起战火中她们一起度过的美好岁月,结下的战斗情谊,就激动不已,呜呜哭咽,撼人肝肠。

2020年11月24日,我们有幸采访到了霍转兰女儿,

★ 东堡村妇救会驻地房东女儿、刘胡兰生前好友,现年89岁的李秀芳。

★ 刘胡兰烈士生前好友、东堡村妇救会秘书霍转兰的女儿、现年67岁的耿改香及其丈夫宋士杰。

现年 67 岁的耿改香及其丈夫宋士杰。安静生活的耿改香回忆说：一听说刘胡兰叫铡刀铡了，正抱柴做饭的霍转兰，牙关一咬直挺挺就昏死过去。醒来后，打包两件衣物径直上西山，她要为刘胡兰报仇。说到与刘胡兰的情义，霍转兰或许更视为己出，这与其身世有关。霍转兰从小被卖耿家，丈夫大她 16 岁，两女先后早夭，令特别喜欢孩子的霍转兰大受打击，她曾为东征干部石政委精心抚养俩孩子多年。待石氏夫妇带孩子走，霍转兰舍不得，想留继一子，石氏夫妇自然不允。无奈之下霍转兰最后过继侄女为女，因忌惮早夭，两岁进门的耿改香改姓不改口，至今仍以二姑呼之。新中国成立后，霍转兰一直担任东堡村妇女主任兼赤脚医生、接生婆。每逢刘胡兰纪念日，她都在被邀之列。吕雪梅一回云周西必去东堡探望她。

如果真被敌人发现，不仅霍转兰一家受牵连，连李家也会惨遭不测；不仅党的机密文件受损失，而且愧对转兰、秀芳两位好友。危急时刻，刘胡兰想到的仍然是党的工作和战友安全，却把自己的安危置之度外。

一席话令石世芳和卫范初俩人也替她着急起来："党的文件和朋友安危固然重要，可胡兰子你的人身安全也是问题，现在估计敌人已经进村，你此时去东堡无疑很危险。"

石世芳不放心地问："你就不怕碰上敌人？"

"不怕，我装作挑菜，敌人不会注意的。"刘胡兰也算久经沙场的老交通员了，瞬间她已想好应对计策，以前视为家常便饭的通风报信儿，早已将她历练得有胆有识了。

听了刘胡兰的话，见她信心十足，蛮有把握，石世芳和卫范初两人又交换了一下意见，觉得她所说办法还不错，但全在临机决断，这一点胡兰属强项，于是就同意了，俩人一再叮嘱她路上小心，见机行事。

挎上挑菜篮子和小镰刀，刘胡兰匆匆出门，赶往东堡村。

村外，一片片庄稼望不到头，高粱长得正起劲儿。刘胡兰避开大路，一头钻进了茫茫青纱帐。这一带她跑过不知多少回，太熟悉了！抄小路，抢时间。四周一片寂静，只能听到人飞奔的脚步声，伴着高粱叶儿擦过衣服、头、脸的沙沙声，还有几只觅食麻雀"扑棱棱"的惊飞声。

不知过了多长时间，当刘胡兰喘着粗气，身披满高粱花花赶到东堡村堰口时，敌人哨兵已站岗持枪，来回走动了。

"怎么办？敌人已经进村，现在贸然行动，肯定会被怀疑，看来只能等待时机了。"刘胡兰长长吐口气，装作若无其事样，蹲下身挑起了菜，眼睛却不时瞟瞄堰口上的哨兵。任务还未完，她心里岂能不着急！既担心霍转兰和李秀芳的人身安全，又担心着那些重要文件。时间一分一秒过去，小小刘胡兰经受着难以言说的煎熬和考验。

站久了的哨兵似乎有些不耐烦，溜达着去了别处。"好，要的就是这个空子！"刘胡兰瞅准时机，迅速闪进村子，径直向霍转兰家飞奔而去。

还好，敌人没来过，一切来得及！

"快，转兰姐，敌人包围村子了，重要文件赶紧烧掉！我给你放哨！"刘胡兰一进门就急切说道。

霍转兰一听，顾不得和胡兰子打招呼，立即从炕洞里拿出文件烧了起来。

不多时，门外传来杂乱的脚步声，几个日本兵大摇大摆走进来，他们看到的却是这样的场景：一大家子正不慌不忙做着早饭。

日本兵四处看了一通，又搜了一遍，而后一无所获，悻悻然走了。

"哦，对了，秀芳家有没有重要文件？"

"没，全在我这里。"

"那就好。吓死我了。"

看着日本兵走远，刘胡兰和霍转兰相视一笑，满眼默契，两双手紧拉在一起。

两个小通讯员之死

1945年春节后一个黎明。

凄风苦雨的时代，对穷苦人来说，冬夜总是显得漫长，寂静的云周西村还沉浸在蒙蒙夜色中，街道上一片空荡荡，寒风依然刺骨，肆无忌惮掠过，不知谁家红对联被撕下半截，随风翻卷，哗啦啦直响，偶有狗吠传来，声音若隐若现。

突然，"咚咚咚"，一户农家院大门外，急促的砸门声陡然响起，狗叫声瞬间吼塌天，一迭连声地高叫：开门！快开门！再不开就砸了！

院里住着原文水县三区、四区区长胡宗宪和两个小通讯员武占魁、王士信。

三人被惊醒。他们迅速上房，趁着夜色一瞭，院子周围已被鬼子黑压压包围，明亮亮的刺刀晃来晃去；再瞭远处，除西北方向护村堰还留有缺口，其他地方都布满敌哨，已被封锁。

是信贤村据点的敌人来扫荡了！事先胡宪宗得到过情报，说敌人要扫荡信贤以北南庄一带，没想到敌人来了个声东击西，直奔云周西村，好狡猾！

"快，马上突围！西北方向跑，那有口子！"胡宗宪对两个通讯员下命令。

突然"咣"的一声，大门被砸开，一伙日本鬼子拥了进来。说时迟，那时快，胡宗宪向院里投了颗手榴弹。

随着一声巨响，烟雾四起。趁着烟雾掩护，三人迅速翻到南面一户老乡家的高房顶，两个小通讯员掩护着胡区长，沿房向南飞跑。

身后，枪声四起，子弹纷飞，嗖嗖直响，叫喊声不断。

跑到南面尽头，见房下没人，三人纵身跳下。正当他们辨别方向，要沿街向西北堰口突围时，冷不丁"啪"一声，东面射来一枪。不好！有敌人！胡区长由两个小交通员掩护，随即改道向南跑了一段，又拐向西边继续跑。

胡宗宪沿着熟悉的巷道出村西北口，又向大象方向跑去。当他回头招呼通讯员时，才发现两人不知何时已跑散，不见了！

村口方向，枪声依然密集，惊醒不少睡梦中的群众。刘胡兰一骨碌爬起，披衣下地，推门爬上院墙往外看，见巷里闪过两人，这二人边跑边喊："狗日的，有种的过来！八路爷爷等你呢！"

"不好！是武占魁和王士信！"

胡兰听出是胡区长的两个通讯员，这声音太熟悉了。他俩比她稍大些，每次跟胡区长来云周西，常由胡兰接待，有时给他们安排住处，有时给他们找口吃的。慢慢熟了，二人一有时间就找她聊天，给她讲根据地群众同敌人斗争的故事，讲他们参加战斗过程中的趣事等等。别看两人年龄不大，也算经历过枪林弹雨，他们对革命信念的笃定，在战斗中的机智勇敢，既令刘胡兰羡慕佩服，又深深影响着她。

"站住——你们跑不了了！"

"抓活的！"

一群敌人追赶着，叫喊着，枪炮声、脚步声、吵嚷声混在一起。街上一片嘈杂，由远及近，又渐渐远去。不久，嘈杂声消失，世界仿佛静止了。

天终于大亮，刘胡兰迫不及待，急急跑出去打探消息。消息有了，却是噩耗：武占魁和王士信牺牲了，为革命他们献出了年轻生命！

原来，两人并非跑散，而是为掩护区长撤离，故意冲向南面，向集中在那里的敌人开火，以便把其他地方的敌人也吸引过来。

面对多于自己百倍的敌人，两个小年轻寡不敌众，返身冲向村南。"冲！冲！冲！冲出去就是胜利！"两人奔跑着，喘息着，回击着，体力渐渐耗尽。不幸终究还是发生了，武占魁中弹倒地，身负重伤，鲜血汩汩流淌，染红了身下泥土，渐渐的，他停止了呼吸。

再说势单力薄的王士信，独自冲出重围后继续向村南跑去，出了村口，是一片空旷而荒凉的田野，瘦小的王士信将自己投到田野间，奔跑着，体力耗尽的他每一步都那么艰难。

对着那个孤独而又拼命奔跑的身影，敌人架起机枪，伴着狰狞笑声，开始疯狂扫射，密集而罪恶的枪声回响在寂静的上空，无任何掩体的旷野里，那个奔跑的身影倒下了……

就这样，两个年轻的生命倒在敌人十恶不赦的枪口下。村民们含泪收领了他们的遗体，并悄悄举行了追悼仪式。

在追悼仪式上，刘胡兰泪流满面，失声痛哭，两个活泼可爱的革命战友只能活在她脑海里了。什么叫出生入死？这就是。鲜血和死亡深深震撼了刘胡兰，她暗暗下定决心：一定要像他们一样，忠诚于党的事业，为革命流尽最后一滴血！

慰劳八路军

1945年8月，日寇投降了！

从1931年到1945年，整整14年的浴血奋战，中国人民终于同世界人民一道赢得了战胜法西斯的伟大胜利。

人们奔走相告，热泪飞迸，载歌载舞，沉浸在胜利喜悦中，各地掀起轰轰烈烈慰劳人民子弟兵热潮。盛大的庆祝日加传统的中秋节，喜上加喜，抗战胜利后的第一个中秋节过得格外兴奋。

傍晚时分，云周西村党员群众聚集在观音庙，人称南大庙里，党支部书记石世芳跟村长白玉河主持召开动员大会。他们说，区委发出号召，党员带头，积极分子跟上，动员群众支援物品，慰劳八路军，咱被誉为"小延安"的云周西村可要争先争勇争第一！

八月十五吃月饼。慰劳品当然少不了月饼。

"要不是八路军保家卫国，咱能吃上这香喷喷的月饼？"石世芳开了头。

"八路军就是咱亲人一样的子弟兵！慰军就送月饼。至于月饼数量，捐多捐少，情出自愿，不设上限，自动报数。"白玉河紧跟上。

"我捐 8 个！"第一个爽快报数的是刘胡兰，谁也没想到，她带头报数，还 8 个。要知道，8 个月饼对一个省吃俭用的农家来说确非小数。

"8 个月饼？你一个小娃娃能做了大人的主？"

"你奶奶抠得要死，平时过日子算得八米二宽，吃虱子还留八条腿呢。"

"打个赌？如果我家捐出来，你们家翻倍！"胡兰故意激怀疑者。

"算了吧。你们是革命之家，我必输无疑。"说话者先打了退堂鼓。

在刘胡兰的带动下，大伙儿纷纷报数，就连长工刘马儿也要捐 6 个月饼。

可有些人就是不情愿，一些家缠千贯却视财如命的地主老财们躲在一边儿大气不吭，装乌龟王八蛋，他们早打好主意，躲一时算一时，能少出绝不多掏。眼见在场者都报了数，实在躲不过了，其中一个石姓富农这才慢腾腾，像抽筋割肉似的说："我拿1个吧。"

"拿1个？！真大气！"

"亏你说得出口！人家刘马儿还慰劳6个呢，你老财主家才拿1个？我们不是讨吃的，谁稀罕你的！八路军战士在前方浴血奋战，你在家里吃香喝辣，到了关键时刻还不应该出点血表达一下感激之情！"

他话音刚落，刘胡兰腾一下就站起来，气愤地怼了回去。她的话句句在理，引得大家共鸣，你一言我一语，纷纷议论。

"要都照你这样儿，云周西还闹不闹革命？还算不算'小延安'！"石世芳跟白玉河一直控制着事态与场面的发展，见地主老财们吝啬抠搜得太不成样，都忍不住站出来批评。

"那……我拿5个吧。"石姓富农辞穷理屈，喃喃自语道。

石世芳最后拍板："大家应该齐心协力，慰劳物品才能很快敲定。"

秋雨连着缠绵几天。会刚散，又下起来。胡兰急匆匆跑回家，为收慰劳品，她催妈妈赶紧给缝个大口袋，总得有个家什收纳嘛！

一层秋雨一层凉。天这么冷，还下着雨，出去收东西，家里人叮嘱她小心着凉。

"恶劣天气考验人的意志，锻炼人的精神，八路军专拣刮风下雨出发呢，我淋点雨怕什么！再说明天就是中秋节，收不起来就早送不上去，送不上去八路军他们就感受不到咱云周西人的火热情义。"对革命，刘胡兰已经开始有了自己的看法，只要能为八路军做事，她宁愿牺牲自己好多东西，再多也值得。

口袋缝好，她披条破麻袋片就跑出去了。

第一个找邻居王爱凤。天上雨水淅淅沥沥，地上泥泞满地，王爱凤有些为难："这下雨天，街上那么泥，咋走啊？"

"这点儿雨和泥泞怕啥！部队在前方打敌人爬山过河，脚磨破了也不怕，他们为谁？还不是为咱老百姓！咱下点雨怕淋，有点泥就怕脏，对得起八路军吗？"

王爱凤没话了，她知道刘胡兰年纪不大，可道理讲得谁都不能不服。最后她还是跟着刘胡兰去了。

接下来是金仙、白珠等铁杆伙伴，召集起来就是收慰劳品的队伍。他们踏着泥泞的村路，走东家串西家，挨家挨户收集慰劳品。不多工夫，光月饼就收了四十多斤，还有不少果子、梨等。摸着口袋里满满的月饼，胡兰满是欣慰说："受苦人和八路军就是心贴心，这东西不算啥，可子弟兵看到这些，心里定会更有力量！"

小伙伴们也都觉得为八路军做了一件有意义的事而感到高兴。

第二天就是中秋节，太阳还没出山，刘胡兰就起床。今天要和小伙伴去给八路军送慰问品。他们一定要亲眼看着他们吃口月饼，咬口水果。一辆装满月饼、水果等慰劳品的大车载着胡兰她们，浩浩荡荡向大象镇区公所出发。

因为中秋节,家在附近的同志大多回家了。但像王瑞、杜杰、吕雪梅等家在外地的便回不去。这天,他们都没到群众家吃饭,而是自己动手做吃做喝,努力营造过节气氛。没想到就在此时,胡兰满面欢喜跑进区公所,叫众人大为吃惊。

"怎么,胡兰子你没回家?"对刘胡兰的到来,大家都有些惊喜。

"'我们的部队'愿意和领导同志们一起过个革命团圆节。"刘胡兰说着招呼伙伴们进来,和干部们一起洗菜、和面、做饭。

"好啊,这也叫军民团结是一家嘛。"吕雪梅高兴地说。她一直很器重刘胡兰,觉得她身上蕴藏着许多宝贵的东西。

"胡兰子跟她的'队伍'很是了不起,为革命出了不少力,现在跟咱一起过节,咱当然欢迎感谢他们嘛。"区委书记王瑞说。

"这个胡兰子心里老装着别人,她见我们不是本地人,容易想家,所以才借送慰劳品,来陪伴咱们。这孩子心思真很细致。"区委宣传委员杜杰说。

有的小伙伴跟这些区干部不是很熟,显得有些拘束。刘胡兰就招呼大家向他们学习做饭。劳动既能叫人找到做人的尊严,更能融洽气氛。胡兰还要干部们在做人做事上多指教他们,帮助他们快快成长。

事隔多年,耄耋之年的王瑞忆及这段往事,感慨万端,他对刘胡兰的一颦一笑依然历历在目,被真善美充填的纯洁心灵始终令人动容。

★ 刘胡兰和革命伙伴中秋节慰劳八路军。

★ 时任五区区委书记王瑞回忆刘胡兰率小伙伴送慰问品的情形。

报名妇训班

1945年的10月,天气已铺下几分寒意。

这天,在去往大象镇的路上,两个女孩儿连走带跑,气喘吁吁,跑一段走一段,还不住回头看。

她俩是谁?

一个是刘胡兰,另一个是武金仙。

她们为何这么着急?是要干吗去?

找吕雪梅评理去!

就在刚才,刘胡兰从武金仙嘴里得知,这次妇训班名单上没她的名字,凭啥没有?为什么呀?她一贯这么努力。她要去找吕雪梅问清楚,而且要明确告诉她:我要报名,此次妇训班一定要收下我!

这究竟怎么回事?

日军投降不久,人们沉浸在胜利之中,8月31日,在陕甘宁晋绥联防军贺龙司令员的指挥下,部队激战一昼夜,于9月1日解放文水城,消灭600多日伪军,镇压了日伪县长及大汉奸,将所得日伪仓库中积存的粮食、布匹都分发给了贫困百姓。人们欢天喜地,到处欢唱"解放区的天是明朗的天"。一直向往西山革命根据地的刘胡兰此时更加神往,她多么希望能到那里工作、生活。

驱走豺狼又来虎豹,战争的创伤尚未治愈,人们尚未真正享受胜利果实,蒋、阎撕毁"双十协定",大举进攻解放区。9月9日,文水城复失。

伟大的解放战争开始了。不少干部被调走，支援其他地方工作，刘芳就是其中之一。为适应形势需要，迫切需要大批干部，妇女干部更为迫切。具有妇女丰富工作经验的吕雪梅被委以重任，由她主持举办"妇女干部训练班"，简称"妇训班"，训练一批县、区和重点村的妇女干部，以便更好地开展妇女工作。

刘胡兰翘首以盼，偏偏首批妇训班名单里没她的名字，岂不急坏了她！

她还听说，此次妇训班设在贯家堡。

为何选在贯家堡？一是地理位置，贯家堡地势平坦，东临汾河，易隐蔽，好躲藏；二是贯家堡妇女革命意识很是强烈，早在二三十年代，就曾培养过一批妇女教员，妇女革命底子厚，群众基础好；而且早在抗日战争期间，吕雪梅就曾在云周西、胡家堡、王家堡一带活动。1940年，两名日军被这一带村民打死，日军怒烧胡家堡好几百家房屋，当时吕雪梅就隐藏在胡家堡，为村长胡秉兴所救。吕雪梅为报救命之恩，认其为干爹。贯家堡与以上几村连成一片，成为汾河一带有名的红色革命根据地。

按流程，妇训班学员由村提名，经本人和家庭同意，区上审查批准后才准入班。此次妇训班，云周西村被提名四人：李光明、张玉英、武金仙和阎芳则，唯独没有刘胡兰。当时吕雪梅心下就嘀咕：胡兰子知道了这事，会不会闹情绪？肯定会来找她。凭她对胡兰子为人做事的理解与把握，胡兰子绝不会放过此次培训机会。

果然不出吕雪梅所料。刘胡兰心急如焚，就是要找她问问清楚。

此时的吕雪梅正在区政府所在地大象镇研究筹办训练班之事。

"砰"一声,门被推开,两个女孩没了往日斯文与羞涩,涨红着脸站在吕雪梅眼前。她一看二人,心里顿时明白几分:如果论工作能力和革命热情,刘胡兰哪样都没得说!没提她名,主要考虑她年纪小了些。再一个,她奶奶能通得过吗?原则上是要家庭同意才行。这不,念叨曹操,曹操就到!朝她兴师问罪来了!

"雪梅姐,训练班为啥没我?"没等吕雪梅开口,胡兰子直截了当就问。

"胡兰子可想参加学习哩,雪梅姐,你收下她吧。"金仙在一旁帮腔。

果真这样!吕雪梅猜得一点儿没错,依刘胡兰犟脾气,怎么可能不声不响就此善罢甘休呢!如果是那样,就不是汾河儿女、文水性格和吕梁精神了。看着眼前刘胡兰着急上火的样子,吕雪梅既爱怜又无奈,既心疼又高兴,微笑着安慰道:"胡兰子,你年纪还小哩,以后学习机会多着呢,咱下次再去!"

"年纪小?我都13了!13还小!论资历,我站过岗、放过哨、送过信,哪样做得差!参加革命早就是我的愿望,组织上又不是不知道,您也心知肚明,年纪小就不让去,这是啥道理?"

刘胡兰哪肯服气!但毕竟现在人家雪梅姐说了算,纵有千万条想去的理由,也得跟主事人好好说话。

091

"雪梅姐,这次就让我去吧,让我去吧。"语气里明显带着恳求。

"就让胡兰子去吧,雪梅姐。"金仙在一边继续敲边鼓,真不愧是铁杆姐妹。

"你家里一定不同意,还是下次再去吧。"

"不行!我就要去!哪怕天王老子来了我也要去,不让去就不行!雪梅姐只要您这里通过了,家里边我来处理。"没想到刘胡兰态度坚决,口气强硬,先软后硬,软的不行,就来硬的,软硬兼施。

"好吧,你回去和家里人商量商量,家里同意了再说。"吕雪梅先是左右为难,后来见胡兰子态度坚决,只好松了口。

"要不,你就跟奶奶,和家里人,商量一下。"武金仙反过来劝她。

"啥?和家里人商量?主要是我奶奶吧?这事可坚决不能跟她说。不说还能偷跑着去,如果说了又哭又闹,说不定非把我锁家里。与其这样不如不说呢!打死也不说。"刘胡兰知道,跟她奶奶说了也白说,肯定不会同意,从这头能一眼瞭到那头,奶奶、孙女一个样——犟。所以这事儿,不用跟家里商量,也不用跟任何人说,她一个人就做得了主。

在革命这件事上,刘胡兰就是这么有主见!她牙紧口稳着呢!

第二天,刘胡兰又约金仙再次找到吕雪梅。

"怎么样,家里同意了吗?"吕雪梅试探着问。

刘胡兰没吭声,噘嘴站在那里,没商量就是没商量,人不能撒谎。

"家里不同意就不要勉强,这次肯定去不了,下次吧。"吕雪梅一下明白了,这正合她意。她是故意反问胡兰子,以此落个人情:你看不让你去的不是我,而是你家里。

"反正我要去!"刘胡兰这回是铁了心了。

吕雪梅暗暗笑了。怎么说呢,这胡兰子的个性、血性和犟性,她还真挺喜欢,干脆、利落、果断,人要强,爱学习,求上进,何尝不是棵革命好苗子!怪不得石世芳等不止一次称赞她,要培养她,她也打心眼里喜欢她、待见她哩,心说干脆考考她对革命的认识水平。于是她微笑着问:"胡兰子你说说,你为啥要去学习?"

"学点儿文化,像雪梅姐那样为穷人办事!"胡兰子答得干脆!

"训练班很苦,你不怕吗?"

"不怕!"聪明的刘胡兰听出来了:这事有门儿!

"实在要去,就自己决定吧,不过最好和家里说说,做事最好不要有阻力。"她又对金仙说,"你也帮胡兰子说说去!"吕雪梅这算明确表态了。

金仙一听让她帮刘胡兰求情,一下紧张起来:"雪梅姐,我可不敢,要说让胡兰子去学习,她奶奶非打死我不可!"

其实刘胡兰早想好了,只要雪梅姐这里答应就行,至于家里,她才不去说呢!这么好的学习机会怎么能错过,反正这妇训班她是去定了!

"逃"往贯家堡

自从报了名，刘胡兰每天激动着、兴奋着，更多是莫名紧张，她告诉自己一定要淡定，装出若无其事的样子。到时候怎么走跟谁走，她心里早盘算好了。当然要"逃"，不声不响、不动声色"逃"往贯家堡。

接下来的几天，刘胡兰的心一直忽儿忽儿上下翻飞，她既怕家里人知道，又想偷偷准备点东西，衣物等可以迁就，学习用品总得备好备妥吧。

其实胡妈妈早发现女儿的异常之处、兴奋之情，她暗暗帮她张罗了日用东西，虽说没多少可准备的，但换洗衣服啥的，还是要多备两件。

这就是胡文秀得刘胡兰信任之处，也是胡文秀这个过来人善解人意之处。

终于熬到报到的日子。

10月20日这天，早饭过后，要按往常，刘胡兰会刷锅洗碗，收拾干净灶台，可今天不行，因为训练班今儿报到，明儿开班。胡妈妈说："一切交给我吧，有事你就忙去吧。"还说看看鸡棚里鸡下蛋没有，拿回来给奶奶备下。

胡兰子知道奶奶身体不太好，本想多陪陪，但她的心思早飞到妇训班去了。她本想告诉妈妈，说自己出去有点事儿。但一听妈妈的口气有点异常，好像在提示自己点什么。胡兰何等聪明，溜到鸡棚边，伸手一摸，没摸到一颗鸡蛋，知道妈妈是叫她放心。

胡兰以为只有自己心里藏着一个天大秘密，原来胡妈妈跟她一样，是暗暗支持她前往妇训班学习的。

刘胡兰心里那个乐！哪有逃跑还享受这待遇的！这么堂而皇之！她为自己生在这样的家庭，身边有这样的"革命同志"暗自窃喜。

门口不远处，玉兰已等候多时，这是她们和金仙等几个闺密悄悄商量好的行动时间和接头办法。

快！快走！

两人手拉手，从村南观音庙后面溜出村子。眼前是一望无际的高粱地，高粱已经成熟，有人家已经在收。胡兰心说，这次家里收大秋她可出不上力了。她们一头钻进茂密的高粱地，这天然屏障当然是隐身的最佳场所。两人沿着垄沿，走了大概半里地。在一处堤埂下，三个年纪相仿的女孩儿——李光明、武金仙、阎芳则正坐在那里，喜滋滋看着她俩满头满身碎粒钻出高粱地。五个小姐妹，一个都不能少，齐了！

向着贯家堡，出发！

　　蓝天呀蓝天，这样蓝的天，
　　这是什么人的队伍上了前线？
　　叫声呀老乡你听分明，
　　这就是坚决抗战的八路军。
　　……

低而不失欢快的歌声，你唱一句我接一句，最后一句是大合唱，感染了一路高粱，摇头晃脑醉了似的。五个小姐妹唱着，乐着，跳着，蹦着，扒拉着近乎干枯的高粱叶子，像迷茫中拨开一条革命道路。五人像刚出笼的小鸟，放飞着自由，放飞着梦想。

"站住——"一声断喝从身后传来，冷不丁吓五人一跳。情不自禁寻声回头望，高粱摇来晃去，虽看不清是谁，但感到有人直奔她们而来。高粱叶子沙沙沙作响，听得出来人跑得很急。

"哎呀糟了，有人追上来了！准是我家的人。"首先着慌的是陈玉兰，她和胡兰子一样是背着家人逃出来的。

"怕是我爹吧，咱们赶紧分散到高粱地里躲躲吧。"刘胡兰一时也着急了。

"不用躲，走，等追上来再说。"稍微大点儿的李光明安慰俩人。

也是，反正都这节骨眼了，看看是谁再说，五人继续走着。不一会儿，来人追了上来，玉兰直觉没错，就是她大舅。

"还好，不是我爹。"刘胡兰暗暗松了口气。

"你这奴儿①尽瞎跑！跟上人家乱跑啥！快跟我回去！"玉兰大舅跑得满头大汗，上气不接下气，他懊恼一抹脸，冲过去，就要拉她回去。

"回去？怎么可能！好容易逃出来。"玉兰唬了脸，满脸不高兴，手往身后一甩说，"我不回去！"

---

① 山西文水方言，即小女孩、女娃娃。

"你们叫人家奴儿走,也不和人家大人商量商量,这么小年纪,就是去了,又能干啥?八路军也不能强迫娃娃们呀!"见玉兰不跟自己走,她大舅就责怪起李光明来,眼睛又瞟刘胡兰,多少有些迁怒于她。

"话不能说得太过。你不要生人家的气,我们出来都是自觉自愿的,没人强迫。"没等李光明回答,刘胡兰已抢先说话,她这个人,走哪儿都仗义执言,天性使然。

都是本村地面,又是女儿家,玉兰大舅被顶得无话可说,他心说来硬的怕是不行,就打起了感情牌,说玉兰子,你爹病在炕上起不来,听说你走了,哭得可厉害呢!这招果然奏效,一句话戳中玉兰软肋,她眼泪一下迸涌而出。

"别哭,想想你出来时你爹咋样?真的病了?"胡兰底清,要她好好想想眼前大人所言是不是真的。

玉兰不说话,只是抹眼泪。打日本人时,因为她哥,房子被烧过,吃过不少苦。

"这样吧,你先跟舅回去,等你爹病好了,你再去行不?"到底是大人有计谋,她大舅一看有门儿,就趁热打铁,来了个缓兵之计。

一瞬之间,玉兰思想斗争很激烈,一面是自己渴盼已久的妇训班和小姐妹;一边是垂垂老父,是亲情,稍一犹豫,最后还是后者战胜了前者,她决定先暂时回去照顾爹。玉兰这一决定令另外四位小伙伴都替她感到惋惜、遗憾。

临走,玉兰从腰带里取出一双袜子,又把身上穿的线背心脱了下来。她这一举动直看得众人莫名其妙:这是要干吗?莫非让你的袜子和背心替你上课?还是先替你占个位置，好等你再来？

玉兰拿这两样东西径直走到刘胡兰跟前，说胡兰子，你出来时，啥东西都没带，你先拿去穿着。说着递给了刘胡兰，就跟着大舅走了，不时回过头来看。

"玉兰子，你爹一旦病好了就来啊！训练班有文件，我先替你保存着！你一定要来啊！"刘胡兰手捧着玉兰留给自己的两样东西，心里热乎乎的，一时不知说什么才好。直到玉兰子走远，她才紧追两步喊了两声："玉兰子你听到了没有？"只有高粱醉汉似的，回答她的是交头接耳的沙沙声。

玉兰的身影已被淹没，她身后的高粱分开又合上。四个小姐妹你看我，我看你，谁也说不出个啥。

虽然五个姐妹少了一位，但她们依然心向前方，什么都不能阻挡她们对革命的向往！

目标贯家堡，前进！

奶奶"追"孙

刘胡兰几人终于成功"逃"往贯家堡，可心可意报了到。

此次妇训班设在贯家堡村东祥元嫂家，由本村经验丰富的妇女党员韩桂英和祥元嫂张罗，虽由吕雪梅主持，但离了她俩还真不行。这二人属典型的文水女人，热心开朗，做事果敢，刚烈能干，相处得像亲姐妹。祥元嫂丈夫是老党员，韩桂英丈夫李宝荣还兼任贯家堡支书，这俩男人对妻子从事的妇救会工作非常支持。

妇训班选址贯家堡，贯家堡选定祥元嫂家。

为啥？

一来位置好，具有很强的隐蔽性；二来抗日战争期间，祥元嫂家常有八路军往来，胡宗宪、王瑞等熟门熟道；三来祥元嫂女儿石果霞跟刘胡兰等同岁，儿子石占狗小两岁，俩孩子都非常喜欢这些学员，老爱帮她们做事，提东拿西，包括站岗放哨。

2006年，胡兰精神弘扬者吕庆和采访石果霞，时年75岁的石果霞回忆，说她清清楚楚记得刘胡兰当年梳俩小辫辫，胳膊肘处磨破了，露出了絮棉花，一对眼睛黑葡萄似的，特别精神。

2020年8月，我们采访到了石果霞的弟弟、现年87岁的石占狗。他说妇训班在他家西屋上课，有时也到别的地方上，他家住着几个学员，只要她们一谈工作，他就躲出去了。石占狗没文化，没上过学，我问他为何当时不跟她们一块学。他说她们都是女的，而且在他眼里，革命既神圣又神秘，有点高不可攀的感觉。

有人欢喜有人忧，胡兰子是乐了，有人却忧了，怒了。

谁啊？还能有谁，胡兰奶奶呗！

纸终究包不住火，一个大活人儿，就这么不明不白、不声不响从眼皮底下溜跑，既不回来吃饭，更不回来睡觉，重要的是干啥也不跟大人商量，打招呼。你说胡兰奶奶这一家之主能不火冒三丈！

听说没？咱村有妇女去当八路啦！

刘胡兰走后不久，云周西村就炸开了锅，到处议论纷

★ 刘胡兰在贯家堡上妇训班时房东儿子、现年 88 岁的石占狗，回忆刘胡兰上妇训班的场景。

纷，飞长流短，消息不胫而走，一传十，十传百，很快就钻到胡兰奶奶耳朵里，她坐不住了："这孩子，从早上吃了饭就再没见着人影，会不会也去……"问她妈，支吾着说没见。问她爹去了哪里，她爹老实疙瘩，一问三不知，再说他在地里干活，确实不知道。"不行，不行，额①得亲自出动，赶紧找去！"

胡兰奶奶不敢再往下想，身子本来不爽利，但一想到宝贝孙女，腾就来了精神，直接跳下炕，拄起拐杖，噔噔噔几步甩上街，整个云周西村都能听得到她的喊声，从下午喊到晚上，从晚上喊到上灯，嗓子都喊破了，腿跑乏了，连个人影都没见着。

"完了，胡兰子肯定去当八路了！"胡兰奶奶眼前闪过胡兰子对西山一往情深的样子，又闪过这个宝贝孙女一双有主意、有见识的眼睛。

胡兰奶奶越想越气，越气越急，越急越火，那火啊呼呼就直往上冒。好在爱兰子一直跟着奶奶，一来怕她摔倒，二来她也确实想找到姐姐，最后姐姐没找着，只好把奶奶拉回家。

"你们长眼了没有，都咋看的？胡兰子跑咋没人知道？快去给额把她找回来！额的心肝肝肉尖尖。"一进家门，胡兰奶奶就冲儿子儿媳还有老头子开了火，一边数落一边落泪，像有人挖她的肝掏她的肺。

满村人都知道，胡兰子是奶奶的心头肉，要是找不回

---

① 山西方言，即我的意思。

101

来，不用说每顿饭吃不消停，就是家里也不得安宁。

"天已经这么晚了，上哪儿去找？"

"找吧，找不着也得去找，哪怕就是安慰一下老人也应该。"

胡文秀虽然之前有预感，但也不知道具体情形，于是放下碗起身出去了，听说玉兰子在家，知道她和胡兰子从小要好，她那里或许能打听些详情。

果然，从玉兰嘴里证实了胡兰子去贯家堡的消息，胡文秀心里既为女儿感到高兴，又为她暗捏一把汗，奶奶这阵势，这股子劲儿，啥时才能过得去！

"什么？胡兰子真去了贯家堡？那好！额也去，现在就去！不把这个没良心的追回来，额就不是她奶奶！"

其实文水女人身上都有股犟劲儿，有股不怕天不怕地的不要命劲儿。今天胡兰子为了革命，不吭不哈就离奶奶而去，连家都不要了。可话说回来，如果胡兰奶奶没那股劲儿，那她就不是胡兰奶奶；如果刘胡兰没那股劲儿，那她就不是奶奶的孙女，就不是文水女儿。这就是文水女人！文水女人就是这样！

"妈，胡兰子不懂事，您也有一出就唱一出的。看这天儿都啥时候了！贯家堡离咱云周西可八里多地呢，天黢黑得伸手不见五指，咱母子是喂狼去吗？再说您这三寸金莲，不是自己折磨自己嘛！"一听娘要去贯家堡，而且立刻马上，刘景谦两口儿可急了，刘起成也帮腔，好话说了足有一箩筐，最后石三奴总算答应，今儿可以不走，但明天一早非走不可！

"好，咱明早儿就走。先睡个好觉再说。都说孙女儿犟，我看你这老太婆也软和不到哪儿去，真是针尖对麦芒，一对欢喜冤家。"有啥办法？对刘景谦而言，孝顺孝顺，欲孝就得先顺着来！对刘起成而言，早就养成了品兑婆姨的好脾气，老婆子好不容易安抚住，一家人整宿都翻来覆去没睡好。

第二天一大早，太阳刚露出半只脸，就见通往贯家堡村的路上，一个中年汉子推辆独轮车急急往前走，车轱辘声"吱扭吱扭"，像俩人着急巴火的心。几只麻雀被惊起，扑棱棱飞上树梢，居高临下俯视着二人，喳喳喳抛下几声不满，像责问为何惊扰它们。

推车的汉子正是刘景谦，车上盘坐着的也不是别人，正是他妈。本来当儿子的推辞，说怕误了收大秋，还是地里活儿要紧，可老娘说再要紧也要紧不过胡兰子去。古有萧何月下追韩信，今有奶奶一大早追孙女，一出亲情与革命的戏正式上演。

"快点儿，你能不能再快点儿！"一路上，石三奴一直催儿子。刘景谦简直脚不点地了。快到早饭点儿，二人紧追慢赶到了贯家堡训练班——祥元嫂家门口。

前脚没踏进门槛儿，胡兰奶奶就一哭二闹三劝说，说一定要找那个叫吕雪梅的还她宝贝孙女儿。这阵式把即将上课的学员们都吓了一跳，房东祥元嫂急忙上前好言相劝，并答应帮她去找。

不一会儿，吕雪梅就被找来了。她一见老人就赶紧解释："大娘，胡兰子是来参加学习的，不是出去当八路军，学完还留地方工作,说不定还回云周西。"

"额这老婆子可不好哄!别以为额不知道,村里人都说了,胡兰子她们就是来当八路的。"胡兰奶奶哪能轻易相信吕雪梅!她继续一把鼻涕一把泪地说:"你把胡兰子给额找来,额要问问她,为啥不长良心?做奶奶的辛辛苦苦把她拉扯大,心野了,翅膀硬了,背着额跑了!额这就叫她回去,她要是不回去,额这把老骨头就死在这里,也算对得起她死去的妈了!"

胡兰奶奶一说起胡兰亲娘,越说越伤心,越伤心越哭。连一边的刘景谦都眼眶湿润,想起了结发妻子和过往岁月。看来老太太对胡兰子真是疼到骨子里,亲到心尖尖上了,她是真怕胡兰子一去不回头,再去人不归。

看着老太太掏心挖肺、伤心欲绝的样子,吕雪梅心软了,其他学员也开始同情起胡兰奶奶来,觉得老人所言不无道理。吕雪梅赶紧去找胡兰子,要她赶紧解决家庭问题,不能影响学员情绪,否则她会硬着心肠立马开除她。结果屋里院里转个遍,也没找着。

奇了怪了!明明刚才还准备上课,怎么这会儿就不见人了?吕雪梅派金仙再去别处找。

谁知金仙忍不住,在一旁偷笑,她暗暗朝房东里屋一瞟,吕雪梅就明白了。胡兰子一定在里面,这个机灵鬼在跟她奶奶玩捉迷藏呢!

胡兰子就藏在东家柜子里,外面的一切她听得真真切切。刚才一见奶奶来,她就赶紧躲到里屋,钻进柜子,还叫祥元嫂和她女儿果霞出去,不许出声,她怕奶奶逼她回去。

★ 根据地妇女为八路军做军鞋支前的场景。

吕雪梅进来，拉她出去，要她见见奶奶，劝她回去。胡兰子主意很硬，说见面就会心软，她就是不回，她知道奶奶拿她没法！

"哎呀，额算白养活她这么大了，现在不回去，往后就别进家门儿！"正话反说，反话正说，气极怒话，指天绝响，谁都听得出来，奶奶还是想逼胡兰子回去呢！

奶奶像李逵耍三板斧，招数基本用尽。吕雪梅得知母子俩还空着肚子，就热情招呼二位吃饭，妇训班学员起得早，饭早做好了，吃了就要上课。吕雪梅做事到底沉稳，像个做思想工作的干部，她一直陪着胡兰奶奶，说了很多宽心话，向她保证，只要胡兰子完成学习，还回云周西去！

好话也听了，好饭也吃了，总不能不识抬举吧，给孙女在这儿丢脸抹黑吧。再说胡兰子跑不了，还能回去。唉，权当出来长见识吧。胡兰奶奶转念一想，心头难过已云飞雾散，遂从屁股底下抽出个包袱，交给吕雪梅说，这是她妈早起给她准备好的，你看这孩子，瞒大瞒小走得急，忘了拿换洗衣服，我一来看看她，二来给她送换洗衣服。谁说我要叫她回去？我就是来看看她——说着又抹起了眼泪，转头却命令儿子：走，回家！

"谢谢奶奶。"见奶奶走远，刘胡兰从街门口探出小脑袋，冲奶奶喊，送上甜甜一笑，还叫她爹路上慢点，别把奶奶墩得散了架。

"胡兰子你真有福气，有这样亲你疼你的奶奶。"众人无不羡慕地说。

"好好学啊，学成了回家教奶奶。"石三奴朝吕雪梅和学员们恋恋不舍挥手,"吱扭吱扭"的车轱辘声重又响在了村路上,但这次跟上一次的节奏完全不一样。

艰苦的妇训班生活

妇训班学习是刘胡兰短暂革命生涯的分水岭,在亲情召唤与革命志向抉择上,她坚持选择了后者,坚持做了自己,最终成了自己想要的模样。

书山有路勤为径,学海无涯苦作舟。自古如此。

在妇训班学习的日子里,刘胡兰和学员们的生活非常艰苦,苦到什么程度?

没固定的宿舍和课堂,学员们分住在老乡家里,土炕上铺层竹篾席子。

没教室,更没桌椅,学习和讲课多半是在草房里或打谷场上,相当于露天教学,因为她们不能影响老乡正常的生活和劳动。

学习用具自然也很稀缺,寥寥可数的几支铅笔是从敌占区买来的,因为数量少,想要一支不可能,每人只发给半截儿。

没学习用纸,就把用过的旧账本翻过来,还得省着。伙食也很差,饭里根本见不到油和菜,高粱面和小米就是每日三餐主食。

因是冬天,蚊子、苍蝇倒不来打扰,但虱子、跳蚤却是常客。石世芳来看望大家,买了"金狮牌"万金油,每人一盒,分发大家,说是区上鼓励大家的礼物,让大家保护好自己,与那些小东西做"无情"斗争。所有学员都很珍惜这一稀罕之物,尤其是刘胡兰,半夜学习拿出来涂一点闻一下,清凉无比,赶跑瞌睡虫。哪怕只剩空盒盒都舍不得扔,一直带在身边,不为别的,就是喜欢那股味儿和那只狮子,还平添一种狮子般的勇气。

无任何经费,所以负担不起任何开支,不得不辞掉原雇来做饭的老乡,请他另谋高就。厨子既然打发走了,那由谁来接任"伙头军"这一重要职位?当然是学员们轮流当,不仅学习上,而且生活上互相照应,互相帮忙,看谁能把简单伙食做得尽量有味,让紧张的学习和艰苦的生活变成开心之事,愉快之旅。

既然能想到,就想方设法做到。有思路就一定有出路,有想法就一定有办法。学员们都是些十几岁的女孩子,顶大的也不超20岁。20多张嘴的伙食要一个人包圆儿,还真不是件简单事。不少学员值日时,着实撑不下来,只好请救兵。刘胡兰见状,总是主动帮忙,挑水、烧火、和面,即便这样,学员们还是顾头不顾腚,手忙脚乱。

轮到刘胡兰值日,她总是天不亮就起床,挑水、淘米、烧火、和面,样样麻利,极力安排得井井有条。穷家破户孩子勤快、成熟早,胡兰聪明懂事,跟着奶奶学了好多技能,现在都用上了,真应了那句老话:艺多不压身,功到自然成。

等学员们起了床,她的饭早妥当了。这还不算,饭后打扫"战场"更考验人的耐心和韧性,刘胡兰总能把厨房收拾得干干净净,最后还要拿绳子到村外走一趟,干吗?打捆柴禾回来，备着下顿烧！

你说这样勤快的姑娘，哪个能不喜欢？难怪大伙儿心服口服，都夸刘胡兰是"好炊事员""办事能手"，背后悄悄说谁娶了她谁有福气。

这样艰苦的生活毕竟还是有人难以适应。每顿饭，尤其是午饭，总有学员端着饭，皱着眉，筷子在碗里扒拉来扒拉去，满脸不高兴。

咋了？伙食不好呗！

"你说八路军在前线打仗，流血牺牲，不也吃个这！咱更不应该说苦！"说实话，这样少盐没油不见菜的高粱饭，胡兰自己也没觉得好吃多少，但她却能想得开。不说苦，苦就不是苦；不说累，累就不是累。苦难不仅用来吃，更是要人来超越的。这种精神不是谁都具备，这种境界不是谁都能达到。于是有人暗地里打退堂鼓。一天下午刚上完课，有个学员向金仙发牢骚：你说这是做啥呢？来的时候，满以为妇训班比家里生活好，谁知道是这样！我看还不如回家去！

"我也想回去，就怕领导不让。"一下戳痛金仙心窝，也正中她下怀，但又顾虑满满。

"来了拢共没几天，怕吃苦就想回去？怕吃苦就别来闹革命！学习还怕苦，往后做工作更苦，咋办？"正好胡兰走过来，两人背地里说的话她听了个真，这下她有些不客气，当场就怼了回去。

一番话还真把两人问住了，满脸不好意思，遂打消了回家的念头。

生活的艰苦倒也罢了，但由于战争环境的影响，妇训班还需经常转移，40多天时间里，先后从贯家堡向南白、南安、韩弓、高车等村转移过，反正就在沿汾河一线的村庄里。

一天晚上，大伙刚吃完饭，通讯员就给吕雪梅送来一份紧急通知，上面写着：据报告，阎匪军今夜要来我区进行扫荡，希做好准备，迅速转移。

事不宜迟！吕雪梅立刻集合学员，布置转移任务。一听敌人要来，学员们有的甚为慌乱，但刘胡兰却很沉着、冷静，她默默快速收拾好自己的东西，还帮司务员装好米面。别看她年龄小，革命斗争的心理素质越来越令人惊讶。有个学员紧张得要命，担心地问刘胡兰："你说敌人要是来了，咱怎么办？"刘胡兰说："敌人来了咱就走，敌人走了咱再回来！就这么简单。"

工作安排妥当，转移出发时，天已漆黑一片。吕雪梅领着大家向区里指定的南安村开始撤离。一路上，刘胡兰推着吕雪梅的洋车子，车上放着大家的行李，还有训练班的文件包等，夹在队伍中深一脚浅一脚走着。

夜一片静寂，只有狗吠隐隐，有些学员得知经过的地方埋着墓，打过仗，死过人，就开始神神叨叨。刘胡兰却根本不信这一套，说这都是封建迷信，天上没有神，地下更无鬼，有的只是凶恶的敌人。看着刘胡兰一副从容淡定样，大伙儿满心佩服，也就悄悄不再说什么了！

妇训班生活艰苦，环境困难，刘胡兰从未叫过苦，她说：革命哪能享清福，没有苦就没有甜！这种勇于战胜困难的革命乐观主义精神始终伴随着刘胡兰，也影响和感染着班上每位学员。

对于真正的革命者，苦难是一种磨炼，更是一种自我修炼。

一盘酒枣

1945年10月下旬的一天，妇训班转移到南安村已有几日。

夜已很深，飘着点细雨，一户农家小屋里的油灯还亮着、燃着，灯下坐着一位60多岁的大娘，手里拿点针线活儿，正埋头穿针引线忙活着。昏暗的灯光透过窗户纸漫射到窗台下的院子里，隐隐照亮风雨夜归人脚下的路。两个人影匆匆从外面走了进来。

是刘胡兰和妇救会秘书张玉英，她俩刚从妇训班回来。上课在他处，住宿在这家，还经常转移，这已成为妇训班常态。

二人推开房门，灯苗被扑进屋的冷风吹得晃了几晃，大娘伸手挡住风，火苗再次站稳。大娘转过头和她俩打招呼："回来了？"

"这么晚了，您老人家怎么还没睡？"刘胡兰有些惊讶地问。

"等你俩。饿了吧？来，吃点东西。"大娘放下手中针线，将满满一盘酒枣往过拉。原来老人专门备好酒枣，就是要等她们回来！二人心里顿时暖流翻涌。

缺吃少喝的年月，酒枣可是稀罕物，逢年过节才端出来招待贵客,而且不是谁家都有,也不是谁都能遇此口福。现在这么晚了,大娘端出这珍稀东西,是否还有其他意思?

刘胡兰勤快,眼勤、嘴勤、脚勤,手更勤,这一点大家有目共睹。不论妇训班走到哪儿,除学习工作,只要有时间,刘胡兰总热心帮老乡干活儿,挑水、扫院、洗涮,样样拿得起,处处放得下。在她的影响和带动下,妇训班全体学员都是如此。老乡都说她们身上有八路军的优良作风,看见她们就像看见当年的八路军子弟兵。事实上妇训班就是半军事化性质,是以正规部队的纪律来严格要求学员的。而刘胡兰人虽小,却起到了带头引领作用。

这次刘胡兰和张玉英被分配在大娘家,住下的第二天,天刚亮,刘胡兰她们就起来忙活,扫院、挑水、搬柴,一刻都不闲,还坐在大娘身旁,一边替老人穿针引线做营生,一边利用拉家常机会讲革命故事,宣传革命道理,很快处得像一家人。其实刘胡兰很想念奶奶,真把大娘当亲奶奶对待了。大娘呢,打心眼里也待见①这个勤快懂事的俊姑娘,待她如亲孙女。

俩姑娘每天早出晚归,还帮自己干活儿,大娘心里实在过意不去,不知道怎么才能表达自己的心意,就想到了久未开封的一坛酒枣。本打算过年招待亲戚,现在为这俩姑娘,提前开封。

灯光下,炕桌上那盘酒枣,红得发亮,亮得诱人,浓浓的酒枣香味直钻鼻孔,两人下意识舔舔嘴唇,此时都大半夜

---

① 山西方言,喜欢的意思。

了，肚里早空空如也，咕噜噜直抗议：看见这么好吃的东西怎么不喂我，还等什么呀！

"吃吧，快吃吧。"大娘在一旁催促着。

酒枣实在太诱人，张玉英的眼睛从进门盯上它就没离开过，见大娘实诚催，手就不由自主伸向了盘子。眼看就要抓到酒枣了，突然感到胳膊被轻轻捅了一下，是胡兰子！张玉英用余光扫扫刘胡兰，见她正朝自己使眼色，张玉英这才意识到自己犯了军规：八路军不拿群众一针一线，更不准随便吃群众东西。她伸出去的手有些不舍地缩了回来。好吧，就当一饱眼福，她咽了咽口水安慰自己。

"大娘，我们不吃，您快收起来吧。"为避免尴尬，刘胡兰冲大娘一笑。

"不要作假，快吃吧，又没外人。"大娘索性抓起一把要塞给俩人，饿还是不饿，想吃还是不想吃，眼睛骗不了人，大娘咋能看不出来。

"收起来吧，大娘，八路军有八路军的规矩和纪律。"刘胡兰推着大娘抓枣的手解释着。

"咱八路军就是有规矩，哪像讨债鬼勾子军，不给就抢！"推来让去，任凭大娘怎么塞，俩人就是不肯接，大娘不由感慨而言。

"八路军一心为咱老百姓打天下，是人民的军队。"刘胡兰说这话时，语气充满自豪。

"唉，大娘不知道你们有这么多规矩和纪律，就是心疼你们，感谢你们……"

"大娘，您的心意我们领了。"

一盘酒枣一片情，在有限时间里，她们和大娘结下了深厚情谊。训练班结束后，听说俩闺女要返家，大娘拉住她们的手就是舍不得松，就像奶奶舍不得她出去一样，不住挽留："闺女啊，再住几天吧。"

"大娘，我们以后还会来的。"

"大娘帮你补个补丁吧。"

说着要刘胡兰脱下棉衣，开学时肘部就磨破了，棉花探头探脑向外张望，一直没工夫补。大娘就是想方设法为她们做点事。

看着大娘想起奶奶，刘胡兰不舍之情溢于言表，她安慰着老人，妇训班队伍已走出老远，等刘胡兰回头再望，大娘依然立在村口，真像召唤她回去的奶奶……

勤奋好问

学习能让我们成为更好的自己，成为光与爱的使者，通过学习提高思想境界和奋斗意识，不断修正自己，从而觅得修为之道。

自古以来勤奋向学的榜样也太多太多了，其中不乏少年有志、勤奋学习的典范，有闻鸡起舞的祖逖、囊萤映雪的孙康、牛角挂书的李密等，其实刘胡兰也是勤奋好学的有志少年。

论学习，刘胡兰从小就很勤奋。小时候，把石板放在纺车上，既不误纺线又能识字，生产学习两不误；晚上钻进被窝，一只手还要在小肚皮上写来划去，心里不住默念；有时还要教妹妹。既没老师屁股后面追着,更没爹娘盯着,可胡兰子对学习就是那么自觉自律,打心里热爱。

后来家里人满足不了她的求知欲,刘胡兰就走出去求外援,请教这位干部,请教那位领导,只要是学习她都不想错过!更何况是妇训班这样好的平台与机会。

在妇训班,刘胡兰等学员主要学习革命的基本知识,包括《〈共产党人〉发刊词》《中国革命与中国共产党》《目前的形势和我们的任务》《怎样分析农村阶级》,"反奸反霸"清算斗争的方针、政策,以及妇女工作的任务与方法等,最后一个阶段,相当于实地实践,学员还要参加贯家堡的"反奸反霸"清算斗争,总之既有理论学习又饱含实践。

讲课老师有哪些?主要是县区干部,县长李魁年还以革命英烈李林、顾永田、李重英、周文彬等事迹,对学员进行革命气节教育。这相当于给刘胡兰她们进行正式的政治教育,培养其革命价值观、人生观和世界观。

越学习越能看到自己的不足。通过一个时期的学习,刘胡兰感到自己无论在文化知识上还是工作能力上都差了很多,她越来越认识到自己以前学得根本不够,也很清楚自己想要什么,她越来越觉得:想要做好革命工作,必须有文化,只有学习,才能懂得更多的革命道理。她曾对伙伴们吐露过心声:别人吃得好穿得好,我不眼红,人家有文化有知识,我可眼红哩!这时候的刘胡兰对学习已经自主自觉,上升到一个更高层次,所以她在妇训班的积极表现是发自内心,由自发上升到自觉,向自己挑战,相当可贵!

妇训班学习紧张宝贵,值得加倍珍惜,所以上课时,刘胡兰不仅用心听，而且尽力记笔记，能记多少就记多少，不会写的，就画个圈圈，标个道道，做个记号，课后再去请教别人。

因为自己基础差，所以要笨鸟先飞。时间像海绵里的水，只要愿意挤，总还是有的。为尽快提升自己，刘胡兰经常见缝插针，一有空儿，就拿铅笔练习写字，看书悟道。她用过的旧账本，上面密密麻麻写满了革命词句和自己的一些感悟。

纸张紧张，旧账本也少得可怜，为了练字，刘胡兰可谓想尽了办法，地上、灰上，后来把细沙铺在纸片上，用手指或树枝在上面写，写满了，轻轻一摊，沙土立刻恢复原状，然后再写、再摊，如此反复利用，关键是省钱。一种简便易行的写字工具就这样被她用了好长时间。

那时候，在学习中工作，在工作中学习，两不耽误。晚上经常加班开会，即便这样，刘胡兰也不忘学习。有一回开会晚了，灯里没了油，大家就说这样也行，黑灯瞎火开会还省油。可刘胡兰却不同意，硬是跑到祥元嫂家，倒了些麻油过来，点上了灯。她说这样我们可以边听边做笔记，上级布置的工作，记下来就忘不了，也能完成好。

为培养刘胡兰，很长一段时间里，吕雪梅跟她同屋同炕，从细节上指点她。这天夜已很深，吕雪梅从外面开完会，匆匆回到妇训班宿舍，一进门就愣住了：油灯如豆，刘胡兰身披夹衣，手握铅笔头，伏在炕桌上睡着了。纸上歪歪斜斜写满了小字，最后一个坚决的"决"少了两点，还没写完。看着胡兰子熟睡的模样，吕雪梅想叫醒却颇多不忍，于

★ 在妇训班学习的刘胡兰。

是脱下上衣轻轻给她披上。尽管动作很轻,刘胡兰还是被惊醒了。吕雪梅见状,赶紧催促:"胡兰子,时候不早了,明天就是学习的最后一天了,快睡吧。"

"睡?今天的功课还没完成呢!"刘胡兰对吕雪梅说,"雪梅姐你先睡,我再学一会儿。"说着又拿起铅笔在本子上写起来。

"唉,你这个倔强又上进的胡兰子,真拿你没办法!"吕雪梅既心疼又欣喜。

为锻炼学员的发言能力,妇训班经常组织讨论。一开始胡兰不敢发言,总静静坐在一边听别人说。同学们问她为何不发言,吕雪梅也鼓励她能说几句说几句,慢慢就敢说会说了。有一次,讨论革命形势,胡兰说日本鬼子来了,"勾子军"跑了,我看打垮鬼子的是八路军。大家都说胡兰子说得对。经过几次锻炼,刘胡兰不仅敢于发言,而且特别爱提问题。有一次,她问一个学员啥叫阶级斗争。那个学员支支吾吾说不上来,还责怪她为何问这么深刻的问题。刘胡兰说不懂的问题为啥不能提出来讨论。一个同学问地主的地是拿钱买的,为何说靠剥削得来。刘胡兰接口问:地主买地的钱从哪儿来?地主不劳动,钱能白流到他家?还是靠剥削得来的。她还拿云周西石廷璞做例子,深入浅出给大家说道:他的地雇长工种,自己脚不到地,手不沾锄,整天东跑西窜,穿的是绸缎,吃的是白面,还欺侮穷人,他的钱哪里来?还不是剥削咱穷人的。大家都说刘胡兰说得对。

根据县委指示,妇训班进入最后实习阶段。刘胡兰和学员们加入到贯家堡"反奸反霸"清算斗争的群众运动中。针对学员中提出"土地还家"问题，贯家堡农会秘书、党支部书记李宝荣给同学们讲了斗争形势，同时说明了土地还家的道理，还讲了"反奸反霸"清算斗争中党的政策、斗争方法，向学员们提出：看谁访贫问苦好，看谁找苦找得多。刘胡兰深入贫苦群众，同妇女们一道纺线、拉家常，了解到许多贫苦农民的实情。训练班房东祥元嫂受了一辈子苦，就是道不出，不敢说。刘胡兰反复动员，给她讲只有起来斗争才能翻身的道理。祥元嫂本就底清，在这点上胆子慢慢放壮，终于敢放言控诉，还串联了一批贫雇农，斗争队伍得以壮大。

美好的时光总是短暂的。短短40多天的培训马上就结束了。

因为学习认真，工作深入，成绩突出，刘胡兰受到县抗联主任卫范初和贯家堡党支部书记李宝荣的表扬。值得一提的是，这个李宝荣与妻子韩桂英及长子李明则，在刘胡兰英勇就义一年之后，即1948年，受刘胡兰革命气节与忠贞精神的影响，为保存革命组织，英勇献出宝贵生命，一门三英烈，豪气壮山河。

为鼓励士气、表彰学员，上级组织举行了隆重的妇训班结业典礼仪式，每个学员都进行了口头问答考试，相当于现在的论文答辩；座谈会上，人人发表感言，刘胡兰说，她在训练班里，学到不少知识，提高了文化，也学习了政治，还学唱了不少歌儿，现在上级叫她做什么，她就做什么，一定服从。

考虑到云周西村妇女工作薄弱状况，组织上决定让刘胡兰仍回本村工作。

新任务,新收获,新生活,新战斗。刘胡兰将自己的形象从内到外做了改变,发剪短,头包白毛巾,更透出革命者气质。这样一来她更忙了:办冬学、斗地主、动员群众、做妇女工作,出东家进西家,回家还要帮家里干活儿,但这些都没成为她放松学习的借口和理由;也从没听她叫过一声苦,喊过一声累。

二区区委组织委员兼云周西村党支部书记石世芳,见刘胡兰进步如此之快之明显,就考虑要培养她加入中国共产党,以便进一步开展云周西村的妇女工作。于是他把准备吸收她入党的想法,向区委书记唐镛提了出来:"刘胡兰这孩子,打早就靠近党,工作很努力,很听党的话,布置下的工作都能圆满完成,可以考虑吸收她入党。再说现在云周西村没一个女党员,妇女工作怕受影响。"

"我同意你的意见,不过我们还应该再对她进行一番教育,提高她的思想觉悟水平。这样,对党对她自己会更好一些。"对刘胡兰家庭、思想和工作情况都了如指掌的唐镛如此说。

这是对刘胡兰工作、思想与人品最大的赞赏与肯定,也是对她以后担负更繁重工作的鼓舞与激励。

组办冬学

受到鼓舞与肯定的刘胡兰将接受更大的锻炼、考验与挑战。

1945年11月，中共文水县委向全县各区委发出做好减租生产的指示，从六个方面阐述做好减租工作促进群众生产的意义：一是每个领导同志必须"深刻认识大规模有领导的减租运动是发动群众最主要的关键，是农民群众翻身的必由之路，是开展生产运动的必要前提"；二是不论形势如何变化，核心就是发动群众，巩固阵地，而减租生产工作是重中之重；三是尽早让新解放区的人们甩掉敌伪八年来的盘剥；四是继续发动广大群众，培养更多干部，壮大人民力量；五是今后6个月到10个月时间，将深入群众的减租运动与组织群众生产密切结合起来；六是减租必须是群众斗争的结果，不是政府恩赐，发动群众斗争意识，激发其内生动力。这是根本。

云周西村属五区，自然遵照执行并分解任务：发动群众，组办冬学，召开妇女大会。

1945年12月4日，云周西村村南大庙黑压压坐满了人，全村妇女大会在此召开。参加大会的党员、干部有吕雪梅、石贵元、刘胡兰、陈德邻和武金仙。

为锻炼刘胡兰，干部让她站到台上讲话。从妇训班回来，前任妇救会秘书张玉英因生小孩被批准辞职，所以刘胡兰相当于代理妇救会秘书。此次召开全村妇女大会的主题就是组办冬学。

人生会面临无数个第一次，正是从无数个第一次出发，人生才能慢慢变得充盈厚实，走向成功。为了这次会议，胡兰可是提前做了不少准备。她担心出错，昨晚还请教妈妈，也算临阵磨了会儿枪，怎么现在脑瓜一片空白？嘴也不听使唤？这是她第一次上台，而且当着全村妇女姐妹们讲话，台下70多双眼睛正齐刷刷盯着自己呢！刘胡兰越想越紧张，越紧张越卡壳，越卡壳越紧张。

没错，台下所有目光全都聚焦于她，好奇的，担心的，看热闹的，冷眼旁观的，还有看笑话儿的：胡兰子讲话卡壳，这下糗大发，丢大人喽！这时一个妇女不知是替她解围，还是故意搞笑，站起来冲台上的刘胡兰调侃道：胡兰子，都说说的好不如唱的好，你讲话真不如唱得好听，要不给大伙儿唱一个吧！

"哗——"全场一阵哄笑，接着嘈杂的议论声响起。一些思想落后、心胸狭窄的妇女趁机冷嘲热讽，说起风凉话：胡兰子鬼来大，能干个啥！谁听她的！

此时的刘胡兰站在那里，要多尴尬有多尴尬，要多难堪有多难堪，恨不得一头钻到地缝里，她本想回头求救于坐在后面的领导干部，最终却没有，都不记得讲了些什么，怎么下的台。

最后还是党员干部出来收拾局面，此次大会本想选举刘胡兰做云周西村妇救会秘书，正式组办此次冬学，但鉴于这种情况，还是缓缓，让群众慢慢接受她，让她慢慢进入角色，做出成绩才能服众。

办冬学，首先得做通妇女们的思想工作，帮她们排忧解难，刘胡兰和金仙等挨门逐户做动员。万事开头难。动员工作开始就一波三折。

"我们年纪大了，哪能上冬学？"

"家里累上孩子，还要纺线、织布、做家务，这够受的了，谁还顾得上学文化？"

"上冬学有啥用！再学还不是围着锅台、孩子和男人转。"

一开始确实无人响应，谁愿意扔下一大堆营生去学什么文化，不识字儿，不照样做饭、生娃、侍候男人？再说都孩儿他娘了，认啥字儿，成啥龙变啥虎呀！

有些上了年纪的老太太干脆直接回绝：像你们成天东跑西颠，谁替你们做营生？我们家儿媳妇可陪不起！你们还是另请高明吧。

这还不算，个别村干部也来泼冷水：也不知道胡兰子有多大本事，她能办成个啥！

吐沫星子淹死人，一向要强、敏感的刘胡兰终于受不住了，哭着跑回家，把自己关在屋里，一整天没出门儿：出力不讨好，何苦呢这是！

任凭妈妈怎么劝也无济于事。奶奶身体本来就不好，母女俩本想瞒住她，却不免还是吹到她耳朵里，令胡兰奶奶更加心焦，不免增添些许症候。

刘胡兰闹情绪的事儿传到了吕雪梅那里，她马上赶到她家，说：胡兰子，这可不行，做工作要有耐心，啥工作也不是一下就能搞好的，好好干吧，有领导给你撑腰。

支部组织委员石世芳也找刘胡兰谈了话，从方法、技巧上给她不少启发。

响鼓不必重锤。刘胡兰很快就想通了，她找到吕雪梅说：雪梅姐，我这样做确实不对，困难面前岂能轻易低头。

对，能认识到错误就不怕，只要想办法，一定能干好！

★ 妇训班结束后，继续回云周西村工作的刘胡兰组织妇女上冬学。

吕雪梅鼓励着刘胡兰。

"学习是一辈子的事，姐妹们识字少就要多学些文化，女人更不能做睁眼瞎。孩子要照顾，家务也照做不误，但文化还是要学，你学不下，娃娃问你啥都不懂，怎么做娘呢！听干部们说整个晋绥山区都在搞冬学，差不多有9万人上了冬学。这么多人上咱能不上！"虽然还四处碰壁，但刘胡兰终不放弃，跑断腿，磨破嘴。

于是，云周西村老乡家里，刘胡兰身影重新出现，她挑选几个要好的小伙伴，坐到老乡家炕头，一边帮着做些活计，一边耐心说服动员。不几天，就有八九个妇女同意上冬学，虽然人数不是太多，但万事开头难，冬学还是可以"开张"了！

刘胡兰天生有副好嗓子，也会唱歌，她发挥特长，除教认字儿，还教唱冬学小调：

冬学好来真正好，
认下字来本领高，
开条条，认票票，
什么事儿都知道，
写个书信也不用求人了！

在刘胡兰宣传、带动、帮助、鼓励下，妇女们对冬学的认识越来越深刻明了，加入人数也越来越多，几天时间已有40余人入室听课，就连那些死活不让媳妇们上冬学的婆婆也都渐渐默许，原先讥讽她的人现在开始夸赞她：这胡兰子你别看岁数不大,是个办大事儿的料,顶好!

困难无大小,总是考验人。刘胡兰因工作出色,经领导提名,群众讨论同意,被正式选举为云周西村妇救会秘书,武金仙和陈玉兰被选为妇救会委员。

好事当前,刘胡兰却很难高兴起来,就在这年底,最疼她的奶奶走了。

自她从妇训班回来,奶奶就病倒了,病情一天天加重。刘胡兰有心多陪伴老人两天,但整天忙工作,早出晚归,心有余而力不足。刘胡兰心中感到许多愧疚,子欲"孝"而亲不在。教她纺花、织布,疼她到骨子里的奶奶,临终还牵挂着她。

老人家从左手中指上一点点退下个银戒指,亲自给刘胡兰戴在手上。老人心有所指,说:"……胡兰子,你能不能别再出去乱跑?奶奶就是走了,也放心了……"

面对至亲的临终嘱托,刘胡兰比谁都痛心,但她依然没答应奶奶。在自己选定的革命道路上,她不想因谁而放弃,哪怕是最疼自己的奶奶。因为这不能用亲情等价交换,不能因为亲情而放弃自己的理想与信念。

送走奶奶,胡兰子久久望着西山发呆,她盼望革命胜利的那一天早早到来,那时九泉下的奶奶也会欣慰,一定会理解她、明白她并宽谅她!

纺棉做军鞋任务

"男人支前上前线,女人在家拼命干。纺棉线,做军鞋,种地打粮全支前。"这是战争年代，后方群众生活的真实写照。在被誉为"小延安"的云周西村，样样走在全县前列。

1946年1月11日，《抗战日报》报道说，文水城阎军至12月初仍未穿上棉衣，士气低落，不少士兵跳城逃跑。为解决士兵冬服，不得不向老百姓"征借"。说是征借，其实就是抢劫。敌人还进攻开栅、东庄等村庄，百姓不断被骚扰。

我军组织地方民兵反抢劫、反进攻。战斗打在家门口，云周西村等村群众积极支前。县里分配给云周西一项重要任务：20天200斤棉花纺成线。

时间紧，任务重。作为妇救会秘书，刘胡兰感到肩上的担子真不轻省，但正因为难，党才把这个任务交给你。如果谁也能完成，还用得着咱云周西人！

都说人多计谋广，柴多火焰高。一接到任务，刘胡兰就马上组织妇救会干部召开专题会议。会上大家七嘴八舌，出主意，想办法。经研究，最后决定：全村妇女，凡能纺会纺者，每人2斤。

方案既定，立马行动，大家开始分派任务，结果分来分去，还剩80斤棉花分不出去。原来预估人数比实际能纺人数多了不少，咋办？

针对80斤摊派去向，刘胡兰又召开妇救会干部会议，最后决定：给孩子少、家务活儿轻的妇女多加些任务。可谁家没点家务要做！对妇女来说，纺线是个累营生，多摊派任务，人们能接受吗？

刘胡兰首先想到了石世芳媳妇，关键时刻党员家属应该起带头作用。她亲自登门说明情况，最后央求说："婶儿您就再纺2斤吧。"

"再纺2斤倒不要紧，就怕到时纺不出来。"石婶说的是实话，要的这么急不说，还要再加2斤，完不成算谁的。

"婶儿，支援前线要紧，咱辛苦点儿，晚上少睡会儿，多费些灯油就急赶出来了。"话说得既软和又入情入理，天衣无缝，无懈可击，谁还好意思说不！

成功办法可以复制。最后剩下十几斤，刘胡兰就决定她们几个消化解决。她任务最重，差不多是别人的好几倍。

重就重点，群众已经很不容易，很支持她工作了。

全村妇女进入纺线突击中。几乎一夜之间，云周西村掀起纺线支前热潮。家家户户都忙活开了，老少齐上阵，搓的搓，纺的纺，捻的捻，白天晚上连轴转，婆婆媳妇轮上岗，歇人不歇机。炕头上、地中央，妇女们对着纺车，盘腿而坐，手臂不停摇啊摇，一辆辆纺车转啊转，纺出的棉线细又长，"嗡嗡嗡"纺线声回响在云周西大街小巷。

那段日子可把刘胡兰忙坏了，既要挨家挨户督促纺线进度，又要操心纺线质量。纺线是个技术活儿，尤其是两手一摇一抽，得配合协调才能出好活儿。车摇慢，线抽快，线就会断头；车摇快，线抽慢，棉卷就会拧成绳，线就会打成结，这样纺出的线肯定不过关，所以她得督促点儿，不能放松丝毫。晚上还要加班赶自己的纺棉任务。

麻油灯下，妈妈坐炕头，女儿坐炕尾，话顾不得说，手下不停地纺。"要是奶奶这个老把式在该多好，能一个顶俩。"胡兰一招一式像极了奶奶，更想念奶奶。爱兰子也没闲着，不是帮姐姐搓棉花卷，就是帮妈妈捋线线。刘胡兰要脸、要面、更要强，明明纺得腰酸背痛，但还是咬牙坚持着，别人一天纺三两，她纺四两；别人纺四两，她纺半斤，总要做在人前，还纺得又细又快又匀。党员干部就要先行一步，吃苦在前，群众才能服你。

一人难挑千斤担，众人能移万座山。提前两天，保质保量交上200斤棉线。

纺线完了就是做军鞋，也是妇救会将任务下发给妇女们。任务下达后，一些妇女找刘胡兰反映：按地亩摊派法分配不合理。经过一番调查研究，刘胡兰最后和干部商量：地亩劳力兼顾分配，妇女们就没意见了。

经区里评定，所有纺棉、做军鞋任务中，无论质量还是速度，云周西名列全县第一！还得了份奖励：两个笔记本。

荣誉面前，刘胡兰最高兴：妇救会获得这份荣誉，是大伙儿一起努力的结果！妇女们都称赞她做工作讲究实际，善出点子，妇救会从此在群众中有了很高威信。

护理伤员

战斗生活像汾河水一样，时而怒涛湍急，时而平缓舒悦，有苦亦有甜，有泪亦有乐。纺线军鞋任务圆满完成后，革命依然火热。

早于1943年就来到文水任县委委员的李魁年，经过三年多接触，对云周西和刘胡兰更加关注，知道刘胡兰各项工作做得扎实、有成效。1946年他在县政府驻地信贤结婚时，一些区村干部前往祝贺，其中就有刘胡兰。正好县政府秘书有相机，给大家合影留念。刘胡兰平生只照过这一次相，遗憾的是那张相片遗失于战争中，以致后来为她塑像时，只能通过一些同志的回忆叙述来模仿写真了。

1946年秋，一天，刘胡兰正忙着工作，有人跑来告诉她：一位八路军伤员被送咱村来养伤了。

时值阎锡山不断向晋中平川派驻军队，白色恐怖进一步笼罩，斗争形势非常紧张，而云周西群众基础好，周边环境相对安全，经常会有伤员被送来疗伤养病。

走，去看看！

刘胡兰急匆匆赶了过去。这位伤员她认得，是晋绥军区12团1营3连连长王本固，今年春上曾带部队来过村里，是她跑前跑后为同志们安排的住房。当时王连长带通讯员查看各班住宿情况，因初来乍到，地形不熟，还是她主动给他带的路呢。此次王连长负伤于汾阳罗城，左大腿被打了个窟窿，缠着的纱布都浸出了血，身上还生着疥疮，起卧都很困难。

刘胡兰把他安排在村里石元白军属家养伤。

"王连长，喝点儿水吗？"刘胡兰轻轻走近王连长，低头轻声问道。

王连长微微睁开眼，看看眼前人，轻轻摇头，然后又闭上了眼。

"王连长太虚弱了，得赶紧想办法，决不能让伤势严重到危及生命。"刘胡兰立即召集金仙、玉兰子等几个妇女干部开短会，决定大伙儿轮流照顾。可眼下伤员最需要补充营

★ 刘胡兰参加了1946年文水县县长李魁年夫妇在信贤举行的结婚仪式。

养，这样伤口才能长得快，身体才能恢复得好！

"多吃些鸡蛋呗！"玉兰提议。

"多吃鸡蛋？哪那么容易！战事纷繁，动荡年月吃糠咽菜，吃顿饱饭就算不错了，像鸡蛋这样的奢侈品，几家能拿得出来？"金仙有些为难。

"拿不出？那就找！找不到就买！反正必须让王连长吃上鸡蛋！"

决定已下，三人分头行动。

刘胡兰首先想到的是私房钱。她家柜子拐角处，藏着个小匣子，夏天拾麦攒下的钱都在里面。妈妈曾劝她买双袜子，她舍不得；劝她扯布做件新衣裳，她说衣服好好的，如果不给爱兰做，就把钱攒着吧，等有用时再花。来之不易的东西要花在刀刃上。

散碎小钱算是派上了大用场，几人跑了一下午，连买带要，一共搞到几十个鸡蛋。这下好了，王连长的伤肯定能好得快！

趁夜色掩护，刘胡兰几个小姐妹提着满满几篮鸡蛋来到石元白家。王连长见了，既惊讶又感动，不由谢绝：我住这里给你们和老乡添麻烦了，快不用折腾了。他清楚谁家都不宽裕，怎么好意思再给人添累呢！

"都是慰问品，王连长你就收下吧！再说八路军和咱老百姓本就一家人，你们打仗为谁？还不是为咱老百姓？现在我们都盼你的伤快点儿养好，早日上前线打仗去！"刘胡兰的话说得王连长不收都不行。

从那天起，几人轮流照顾王连长，喂水喂饭，洗洗涮

★ 刘胡兰和她的战友们悉心照顾伤员。

涮，缝缝补补，擦伤换药，为治疥疮，还千方百计找偏方。

疥疮这病顽固易传染，王连长担心刘胡兰她们接触久了传染上，就不让她们靠近。"这哪行，不治能好！你养伤在云周西，就得听我的！"胡兰说她不介意！

敌人经常来突袭，不是抢粮就是抓人，这天刘胡兰得到消息，敌人又来扫荡。

"快，赶紧转移！"

乡亲们拖家带口四处隐蔽。

"王连长咋办？"

"我有办法。"

村外有处墓地，那里偏僻，相对安全。为躲避敌人，乡亲们已经不止一次在这里过夜了。

深秋的荒野，冷风嗖嗖，夜晚更是冷得厉害。带来的衣服和被子，刘胡兰让给了王连长，自己却站在寒风中站岗放哨，观察敌情。

此情此景怎能不让王本固感动，并铭刻于心！

在刘胡兰等精心照顾下，王本固伤势一天天好起来。他给她们讲战斗故事，教唱革命歌曲，相处得跟兄弟姐妹一样。

两个多月后，伤病痊愈，他要归队了。

分别就在眼前，60多天的朝夕相处，二人之间已建立了深厚友情，当然舍不得！临行前，王本固来到刘胡兰家。

正逢收获季节，树上枣儿一嘟噜一嘟噜，都羞红了脸，努个红嘴嘴，争着抢着说，快来和我说悄悄话，快来和我说悄悄话。

临走，王连长送给刘胡兰两件礼物：一支钢笔，一个笔记本儿。话再多，词再美，都无法表达内心的感激和留恋。

礼轻友情重，道一声：彼此珍重，得缘再会，同志情意都在此物了！

老杜的夹袄

老杜真名叫杜杰，1925年出生，陕西省临潼人，原中共文水县五区区委委员，文水县二、五、六区武工大队指导员。

老杜是老革命，喝过墨水。1938年参加革命，1942年加入中国共产党，1946年经组织批准，从区党委来到了文水，担任五区宣传委员。

说是老杜，其实也就20出头，可刘胡兰偏偏喜欢把这个比自己大不了几岁的同志称作"老杜"。也许在她眼里，但凡喝过墨水的人，加个"老"字，就是份尊重。

这年，国民党反动派撕毁"双十协定"，在全国范围内向解放区发动全面进攻，驻扎在文水县城的阎军，三天两头窜到解放区来，抓兵抢粮，无恶不作，闹得是鸡犬不宁，人心惶惶，老百姓恨得牙痒痒。

环境恶劣，区委干部更要和群众坚守奋战在革命一线。他们秘密分头深入各村各庄，包片发动群众，组织反奸清算，保卫夏收。那时人人全副武装，个个腰里扎个小包袱，怀里揣两个手榴弹，外加枪一支，时刻处于备战状态，随时准备与敌人展开殊死搏斗。

5月，老杜临危受命，来到云周西村，结识了已是村妇救会秘书的刘胡兰，二人共同演绎了一段"夹袄"故事。

4日，中共中央发出著名的"五四指示"，即《关于土地问题的指示》。根据上级党委安排，大象镇被确定为全县土地改革试点，也叫调试土地，实行耕者有其田，激发农民积极性。参加试点工作的有五区区委书记王瑞、区长刘道岸和区委委员、区助理吕雪梅、杜杰、苗芝林、韩永茂等。八地委书记甘一飞和县委副书记石玉也深入试点指导工作。

为进一步培养刘胡兰，党组织决定让她参加试点工作。这样刘胡兰被选拔到区里当妇女干事，协助吕雪梅、苗芝林等组织发动广大妇女，动员征收公粮、军鞋和征兵等。这样，杜杰和刘胡兰便成为革命同事，有了更多相处机会。

在工作中，刘胡兰每天起早搭黑，不但积极发动贫雇农民诉苦，斗争地主恶霸，还帮助群众解决不少家庭纠纷。村长李永秀对干部们说，你们看刘胡兰很能接近群众。每到一个地方，很快就能深入下去，不像有的干部摸不着门路，没法下手。这点我们应该向她好好学习。

大象镇土改搞得非常成功，先后共清算出土地千余亩，粮食十几万斤，高利贷剥削全被取消。

这时，杜杰第一次见到刘胡兰，印象非常深刻。

7月的一个下午，天上没一丝云彩，毒日头肆无忌惮炙烤着大地，知了也在不停抗议"热啊——热啊——"

在云周西村公所，会正开得热火朝天，杜杰、吕雪梅、苗芝林等都在其中，总结夏收保卫工作，研究部署下一步斗争任务。

会议结束时,几个年龄相仿的年轻姑娘走进来,其中一个与众不同:上身穿土布大襟袄,满是芝麻叶花样,下穿黑色粗布裤,一头浓黑短发罩条白毛巾,一双水灵灵的大眼睛平添几分俊俏,眉宇间满是刚毅、清秀、端庄和精干,像株朴实无华的红高粱。老杜不由得眼前一亮:这姑娘谁啊?

还能有谁,咱妇救会秘书胡兰子呗!

太打眼了,杜杰一下记住了刘胡兰这个朴实刚毅的女孩儿。

转眼已是8月下旬,天渐渐转凉。这天,杜杰一个人正在东堡村李秀芳家西屋忙着工作,门忽然被推开,刘胡兰兴冲冲走进来。

"老杜同志,天凉了,快穿上吧。"说着将一团东西塞到杜杰手里。

"啥?是件黑布对襟夹袄。"杜杰有些疑惑,"给我穿?哪儿来的?"

"家里带的,快穿上试试。"

穿到身上,又肥又大,根本不合身。再说夹袄半新不旧,式样土气,有些不入眼。老杜21岁,风华正茂,刚从延安炮兵学校下到地方,穿戴上很讲究精干,于是一边嘴上说不合适,一边脱夹袄。

谁知刘胡兰却执拗地把夹袄又套在他身上,说形势这么紧张,你早应当换个打扮了!衣服大点儿怕啥,这才更像个老乡。再说你那短枪、手榴弹什么的,别在腰间,穿这样才一点也看不出来，你说是不是？

原来刘胡兰是在保护自己！杜杰这才明白，自己从延安过来，穿衣打扮、说话口音都和当地百姓不一样，刘胡兰这样做，完全是出于安全考虑。几十年过去，80多岁的杜杰回忆这段往事，用低沉的声音说："那份战友间的关怀和同志间的友情多么难得！什么时候想起来心里都感到热乎乎、暖洋洋的。"

刘胡兰就是这样，既心细如发又热心助人。有一回，杜杰袜底磨烂了，她专门给上了两只新底子，因为针线活儿做得好，还受到同志们表扬呢。其实刘胡兰从小跟奶奶纺花、织布，后来又做军鞋，心灵手巧着呢！上副袜底算个啥！

进了十月的门儿，区干部领到过冬新衣，夹袄已借穿两个多月，杜杰决定亲自登门还谢。直到这时，他才知道，这件夹袄是胡兰她爹刘景谦的。

"你就穿着吧，别还了！"对革命同志，刘胡兰啥都舍得。

"咋能不还呢！不拿群众一针一线是咱八路军的光荣传统，我可不能违反规定。"杜杰坚持着。

就这样，夹袄留了下来。临别时，刘胡兰一直送他到门外，还不忘关照叮嘱："老杜同志，你是外地人，走东村串西庄的，一定要注意安全！"

杜杰怎么也没想到，这一面竟是他和刘胡兰的最后一面，他更没想到，这一别竟成永诀。而永诀恰是永生。这件夹袄的温暖永铭在心，此生难忘！

★ 曾任五区宣传委员的杜杰深情讲述他跟刘胡兰在战争年代结下的生死情谊。

成为候补党员

在"反奸反霸"和调剂土地斗争中,中共文水县委向五区区委传达了关于发展党员、充实革命力量的指示。

根据这个指示精神,区委组织委员石世芳认为:刘胡兰经过这段实际斗争的考验和锻炼,做事更加沉熟,工作更加积极,事事认真负责,政治立场更加坚定,对敌斗争更加坚决,应该考虑吸收她入党。他是区委组织委员,有这个责任与义务。于是他向区委会提出吸收刘胡兰入党问题。

区委会很重视石世芳提出的这个问题,专门在大象镇召开委员会议,第一次正式研究讨论刘胡兰的入党问题。最后大家一致认为:刘胡兰各方面都好,就是年龄太小,当时只有14周岁,需要再培养一个时期,并且决定由石世芳和吕雪梅对刘胡兰继续进行培养教育。

这天,吕雪梅把刘胡兰叫到自己房间,与她谈起当前工作,从中了解刘胡兰对党组织的认识水平。

"胡兰子,你知道共产党、八路军吧?"

"知道。"

"共产党、八路军好不好?"

"当然好。"

"知道共产党、八路军是做什么的?"

"领导人民打'勾子军',帮穷人翻身做主,斗地主,分土地,为老百姓办实事。"

"还干什么?"

"领导穷人过好日子。"刘胡兰想了想说。

"对着哩。胡兰子你记住:共产党、八路军不仅领导群众打倒日本鬼子,还领导人们打勾子军、蒋介石,让人们过好日子。"吕雪梅听了很满意,又接着问,"胡兰子,你说共产党和八路军一样不一样?"

"八路军就是共产党,怎么不一样!"

"你参加了八路军是不是就参加了共产党?"

"是呀。"

经过这段谈话,吕雪梅认为刘胡兰对党的组织性质,从其思想深处还缺乏一个更全面、深刻的了解,应该继续加强对她的教育。于是吕雪梅对刘胡兰说:"八路军是军队,共产党是党派,无产阶级政党,工人阶级先锋队,其最终目标是要在中国实现共产主义,建立人类最美好的社会。"

刘胡兰认真地听着。平时听了许多革命者英勇战斗以至于壮烈牺牲的故事,她还是第一次听到这么美妙而高深的理论思想。

"一个革命干部,应积极要求入党,受党的培养、教育和监督,才能把工作做得更好,自己进步也就会更快,人生也将更加完美。"吕雪梅进一步为她阐释道。

"雪梅姐,咱们身边谁是共产党员?"听了吕雪梅一番话,刘胡兰恍然大悟,追问道。

"你猜猜。"

"我看你就是共产党员。"

"你怎么知道?"

"你就像个共产党员的样子。"说完这话,刘胡兰低下头,有点恳求地说,"雪梅姐,你看我能不能参加共产党?"

"可以争取呀,参加党组织要靠自己的努力,你好好工作吧。千万别把咱们的对话告诉别人。"吕雪梅既鼓励又嘱咐,语重心长。

刘胡兰点点头,出去忙工作了。

吕雪梅将与刘胡兰谈话的情况向石世芳谈了,石世芳很是同意吕雪梅的意见。

不几天,石世芳亲自找刘胡兰谈话。他向刘胡兰郑重讲了党的性质和任务,讲了党的最低纲领和最高纲领,又讲了什么是共产主义社会。

这次谈话很正式,对刘胡兰影响至深,她内心腾然升起想要加入党组织的愿望,入党要求更加迫切。她又一次向石世芳提出入党要求,表示革命决心。

一个月后,经石世芳提议,区委会在大象镇又一次讨论刘胡兰的入党问题。会议由区委书记王瑞主持。参加会议的有:组织委员石世芳、抗联主任吕雪梅、宣传委员杜杰、区长刘道岸等。会上,吕雪梅介绍了刘胡兰的工作情况,说刘胡兰家庭成分好,立场坚定,工作很努力,虽然年轻,但不会发生什么问题。石世芳介绍了刘胡兰的思想觉悟情况,说她对党有了正确认识,入党要求很迫切,对党忠诚。另外,他还特别强调要贯彻中央指示,发展一批女党员。经过讨论,大家认为:刘胡兰虽然年纪小,但工作积极,参加斗争坚决,觉悟也比较高,能站稳党的立场,最后一致通过刘胡兰入党,年满18周岁转为正式党员。

1946年6月,对刘胡兰来说,终生难忘:填写入党志

★ 经石世芳和吕雪梅介绍,刘胡兰加入了中国共产党。此图为她庄严宣誓。

愿书，由吕雪梅、石世芳介绍，经五区区委批准，被吸收为中国共产党候补党员。

云周西村一间草房子里，吕雪梅给她讲了党组织机构、民主原则和组织纪律等。经由石世芳和吕雪梅介绍，刘胡兰举起拳头向党宣誓，实现了她多年梦想，光荣地成为一名候补党员。

刘胡兰既高兴又激动，说："我以后一定要好好努力。"

吕雪梅进一步启发道："怎么个努力法？"

刘胡兰坚决表示："不怕流血，不怕牺牲，一定革命到底。在困难面前不低头，在敌人面前不屈服。"

刚刚度过童年的刘胡兰，就这样庄严地加入了中国共产党，这在她的革命道路和个人政治生命中，成为一个光荣的里程碑，是她成为一名自觉的、坚强的、伟大的共产主义战士的新起点。

领导云周西土改

1946年6月20日，中共五区委根据上级党组织指示，决定由吕雪梅、石世芳、刘胡兰等在云周西村领导土改，调剂土地。

其时，文水县的敌我斗争形势已严峻起来，阎军不断增加兵力，不断越出城区进攻解放区，对县城周围方圆10里内的村庄构成巨大骚扰。

听到土改风声，云周西村最大地主石廷璞为躲避斗争，采取各种办法收买拉拢干部下水。村农会秘书石五则一贯爱吃爱喝，贪占小便宜。苍蝇不叮无缝的蛋。石廷璞就抓住他这个软肋，暗暗准备了一篓子羊肉，让其儿子连夜送给石五则。果真不出所料，石五则不仅高兴地收下羊肉，而且觉得这是石廷璞看得起他。就这样石五则被一篓子羊肉收买，丧失了一个共产党员和革命干部的起码立场。

没几天，村里召开各系统党员负责人大会。大会由石世芳主持，参加会议的有吕雪梅、刘胡兰、刘根深、郝一丑、石五则、陈德邻、石居仁、石贵元等。研究确定清算委员会成员，分别是石居仁、石贵元、郝一丑、贫农段敖全、石世辉、刘马儿等，并研究确定斗争对象、斗争方法和干部分工。

讨论当中，石五则主张不要展开斗争，其理由是情况恶劣，群众不容易发动，恐怕斗争不起来。

石世芳听了石五则的话，立即反驳说：我们一定要斗争，决不能向地主恶霸妥协。我们要边发动边斗争。情况越恶劣就越要斗争，斗争总比不斗争好，通过斗争，我们更容易发动群众，打击敌人。

一番热烈讨论，大家都同意石世芳的意见，反对石五则不斗争论调。

对于斗争对象，石世芳说：拔树要拔根，咱村应该先斗争石廷璞、石廷玉，他们两个是最大的地主，群众最痛恨他们。

石世芳这个意见得到以刘胡兰为代表的绝大多数干部的积极支持。

收了恩惠的石五则却表示反对。他主张斗争生活作风不好并且与自己有私人成见的富裕中农段占喜。这一提议引起了绝大多数党员的不满。

吕雪梅认为，石廷璞、石廷玉成分是地主，这二人一贯欺压群众，剥削农民，民愤极大，定为斗争对象完全正确。段占喜不是地主，只是生活作风上脱离群众，这次不应该斗争。俗话说，蛇打七寸，要先斗争群众最痛恨的，这样才能触动群众，激发群众。我们决不能放掉两个大地主而去斗争别人。

刘胡兰也积极发言，列举大量事实，说明应先斗石廷璞、石廷玉，坚决支持石世芳和吕雪梅等人意见，反驳石五则。

最后确定斗争对象为石廷璞、石廷玉。

会议在研究分工动员贫雇农诉苦时，刘胡兰自告奋勇，要求把长工刘马儿夫妇包给她，保证能发动起来。还有段敖全、陈德虎媳妇，也由她负责动员。其他干部也包干了发动对象。

另外还决定：石世芳、石居仁等负责掌控会场；郝一丑、陈德邻等领导民兵警戒、喊口号；刘胡兰等负责发动组织妇女……

一场声势浩大的云周西村土改运动就这样拉开了帷幕。

发动刘马儿

石廷璞的长工刘马儿，平时只知闷头干活，真像一匹老马、好马，只知疾驰，不知言语，像个木头疙瘩。不管怎样，刘胡兰要先找到他，近距离接触，摸透情况，再作分晓。

刘马儿人好找就是时间紧，因为活儿老干不完，好像还有意无意躲着胡兰子。

他为啥要躲？

长久的苦难和看不到光明的日子会麻木一个人的心。卑微者容易被忽略。这个刘马儿，人不到四十，胡子拉碴，脸、胳膊、脖子、肩膀等裸露部位都黝黑黝黑的，长年累月风吹日晒，尘土覆盖，蚊虫叮咬，顾不得讲卫生，两条胳膊和后颈上结着层厚厚的痂。一间低矮草棚，炕上铺块破席子，松松散散横着脏兮兮的被褥，阳光透过打着不少补丁的窗户纸，稀亮的光在屋里艰难流淌，显得格外开恩、奢侈。

"咱村要开土改斗争大会，你多年吃石家的苦，受他的剥削，你应该在大会上诉苦，把肚里多年积攒的苦水倒出来。"

没吭声，像头沉默的石马。

"不要怕，有共产党给咱撑腰哩。这可是咱穷人翻身做主的机会，害怕就翻不了身，我们要勇敢地跟敌人斗到底，和他算老账。受死受活一年，他才给你7斗豆子，这公平合理吗？你全家一年到头少吃没穿，这样过下去行吗？"刘胡兰耐心动员刘马儿。

"哇呜——"没想到刘马儿竟一下哭起来，不知是感动还是愤恨。

"胡兰子，你说得对，共产党毛主席就是咱的救命恩人，

★ 在云周西土改中，经刘胡兰动员，贫雇农刘马儿终于敢站出来斗争。

有共产党给我撑腰,我就啥也不怕了。你放心吧,我要在大会上诉苦,斗争姓石的。"

"这就对了,我们一定要和他算清这笔债,你好好准备一下。"临走,刘胡兰又鼓励刘马儿。

没想到第二天,刘马儿找到刘胡兰,说石廷璞对他很好,劳动给他饭吃,给他衣穿,谁能给他这些?斗他还是免了吧。

人心反复很正常。人跪久了要想站起来,双腿还打战,一时站不直立不稳呢。刘胡兰继续做思想工作:

"你咋穷成这样?"

"没地么。"

"谁让你没地?石廷璞咋就那么多地?"

"祖上传下来的。人又有本事,咱没那命。"

"啥叫命?命真就天注定?"

"不是天注定,谁又能改了命?!"

"今有人帮你改命,帮你分块地,你种自己的地,慢慢有钱闹日月,过自己的日子,愿意不?"

"愿意,只是这种人天上才有,怕是神仙,地上没有。"

"只要你敢站出来,把你东家石廷璞如何剥削你,如何压榨你的事讲给大伙儿听,就有人帮你。世上没神仙,没救世主,唯自己才能救自己。只有通过革命,自己才能成为自己的救世主,成为自己的主人。"

"革命?咋革?革谁的命?"

"谁剥削你革谁的命,谁压榨你革谁的命。把你吃了的苦,受了的制,遭了的剥削,全都说出来。"

149

刘马儿依然犹豫着。

"你每日劳动，成年累月，挣个吃不饱穿不暖，穷得养不起家！你劳动所得应该比现在多得多，应该活得好得多，你应该多得的部分被你东家轻轻松松拿走了，你就是他养在马槽里的一匹老马。"

听了这话，刘马儿半天不说话，低着头，不知想啥。

"马儿叔，你好好想想，路在脚下，要靠自己两只脚走出来，如果一辈子都依附在某个人身上，不向自己开刀，不革奴才心，那将永远受穷，受制，受恓惶。"

刘马儿不吭声了，陷入长久沉默。

告别刘马儿，阳光一下泼洒过来，一句话跳上刘胡兰心头："革命是什么？就是不断解放自己，让健康的自己奔跑在追逐自由的路上。"

正如刘胡兰预料，刘马儿真动心了。心动离行动还有不短的距离，还有很多工作要做。看来，做啥事，都不能一蹴而就，要有十足的耐心。

刘马儿锄玉米，她陪他锄；刘马儿打掐棉花，她陪他打掐。家里人说，你能陪刘马儿多久？刘马儿久经日晒，风吹雨打都不怕，你陪他，他能拖死你。到头来不是你革他的命，是他先革你的命。

刘胡兰说："他先革了我的命，然后我再革了他的命，最后他再革了石廷璞的命。总之不能让刘马儿笑咱是软蛋，不能叫云周西土改开不了头，连个刘马儿都动员不动，其他人还怎么动员！"刘胡兰记起多年前，她跟她爹浇地，黑夜里的烛光照着石廷璞那张脸，凶巴巴，威势十足，铁石心肠。她永远都忘不了。不拔根深蒂固的老根子,云周西土改就没法进行。土改进行不下去,就是场假革命,是干打雷不下雨、欺瞒百姓的假把式。以后群众不相信不说,再叫石廷璞们反共倒算,无数的刘马儿就更不敢走上台,更多人会被封建土地所有制压迫得不能活。

刘马儿再见刘胡兰,心里说不上来的有些忪和愧,还掺杂着些暖和亮,心说:这么大点姑娘,身上有股冲破天、打烂一切的精神,我刘马儿倒是男人,却不如她。

凡事追根溯源才可觅得破解之法。刘胡兰一面向刘马儿请教打掐棉花的窍门,一边问起他身世。

原来,刘马儿刚开始有三间屋,几亩地,一边种地,一边打短工,养活爹娘,维持生计。石廷璞早就选中他这个利索手,出活儿,不仅细,还量大,就派石五则做中间人,劝刘马儿给他家打长工,说保证有吃有穿,活得比一般人滋润。拿人手短,吃人嘴软。石五则来回跑,刘马儿就是不同意。因为他知道石家深宅大院,眼窝子深,心窝子更深,他斗不过,斗不过的人就不如离得远远的。结果冤家路窄。有一年,天大旱,刘马儿颗粒无收,家里穷得揭不开锅。眼看爹娘快饿死,节骨眼上,石廷璞派石五则送来两斗米,一斗绿豆,20块现大洋。父母暂时活下来了。活下来就紧着办大事。眼看刘马儿年岁已大,父母给他张罗婚事,婚事成了,就闭了眼。三番二年过去,刘马儿始终记得要还石家恩情。结果一算,驴打滚,两斗米变成七斗,一斗绿豆变成三斗半,20块现大洋变成了60块。

"拿啥还?"

"从此你就掉进火炕？"

"爬不出来了。"

"你就忍心这辈子给石廷璞当牛做马？"

"不当牛做马又能咋？你们闹两天运动，刮几天旋风，跑了。剩下我再落回苦海里更难活。那姓石的能饶得了我！还不得受二茬罪！更是吃不了兜着走。"

"马儿叔，你咋就不相信共产党是解救一切受苦受难老百姓的呢？"

"我信。可不是所有党员都能信。人家石廷璞有靠山，倒不了。"

"谁是石廷璞靠山？"

刘马儿只是摇头叹息，再不言语。

脚底下数坏人，刘胡兰一下想到石五则，她刚从区上回来时他很反常，每天找她不说，还拐弯抹角说石廷璞的好话。

刘胡兰问刘马儿："石廷璞的靠山是不是石五则？"

刘马儿叹口气说："你们自己内部的人还能不知道？"

刘胡兰意识到了问题的严重性，赶紧向党组织汇报第二次动员刘马儿的进展及所遇问题。

掀场土改龙卷风

问题在工作推进中得以解决。而新问题总是随着工作向前推进而不断产生。

根据刘胡兰反映的情况，党组织赶紧召集开会。当然，石五则也来了。

大家心知肚明，先汇报各自工作进展。

石世芳问石五则："你那里进展如何？"

石五则猛吸口烟，说："不好也不坏，不前也不后，不快也不慢，跟大家差不多。"

"什么叫差不多？我们要加快进度。"

石五则稍一犹豫，说："我个人服从党组织决定和安排。不过像段占喜他们几家也应列入土改对象。"

"为啥？"

"据我了解，石廷璞是瘦死的骆驼，名声在外，实际上是副空架子，斗倒他，群众分不了几个浮财，顶多分几亩地。不过他土地确实多，应该斗。段占喜这些人可真正是实蛋蛋，内里富，肉头厚，值得斗。"石五则说得头头是道。

"你是不是吃了石廷璞5斤羊肉，收了他两斗黄豆？你为他开脱，是因为吃人嘴软，拿人手短；可你主张斗他，是想消灭你嘴短手短的罪证，是不是？"刘胡兰冲到石五则面前义正词严地说。

"胡兰子，你个猴鬼，放屁做事要有根有据，你不能红口白牙血口喷人。"石五则恶狠狠瞪着刘胡兰，问到底是谁告诉她的。

"我问你，石廷璞给你送东西不是一次两次了吧？你还威胁刘马儿，说如果敢胡说八道，就叫他死无葬身之地，永辈子不得翻身！是不是？"

石五则眨一下眼，明显不仅恨刘胡兰，还对刘马儿怀恨在心。

"就为一点私利，你就威胁群众，破坏革命，扰乱土改，混淆视听！石五则，你还有没有党性原则？"石世芳站起来，声色俱厉对向石五则。

"斗谁不是个斗？反正又不是斗我。"石五则最后一副赖皮样。

其实他不但不发动群众，反而进行宗派活动，企图转移目标，斗争段占喜。石五则这种错误行为，直到受到党支部的严厉警告，才不得不暂时停止，有所收敛。

这样一来，刘马儿的思想疙瘩才真正解开。接着刘胡兰又去动员刘马儿、段敖全、陈德虎等人的媳妇，因为她们家男人受多大罪，吃多大苦，她们全知道，她们早对石廷璞、石廷玉怀有刻骨仇恨。刘胡兰的动员更启发了她们对苦难根源的认识与理解。刘胡兰说革命就是让更多的刘马儿走到台上来，诉说他们的苦难，向组织表露心声；革命就是要解救苦难中的群众，决不淡化苦难，粉饰太平。

石世芳宣布斗争大会开始。

"马儿叔，你准备好了吧？"刘胡兰在会场里找着刘马儿。

"准备好了。"

"大胆些，不要怕，记住有党给咱撑腰。"刘胡兰鼓励他。

石世芳讲了为啥要斗争地主以及穷人要翻身的辩证道理，紧接着宣布："第一个斗争石廷玉。"

"贫雇农团结起来，打倒地主恶霸！"会场里的口号响成一片。

"地主的账要彻底算清！"刘胡兰领导妇女们也喊口号。

"打倒恶霸地主！"陈德邻领导民兵也喊了起来。

整个会场，口号此起彼伏，气氛紧张、激昂。

狡猾的石廷玉并未露面，把儿子从保贤叫来替他受过，向群众交代。石廷玉的儿子装出副可怜相在台上鞠躬点头，口口声声向群众认罪，企图麻痹群众。但大多数群众早已识破其鬼胎伎俩，仍然对其展开了坚决斗争。

石廷璞民愤最大。他低头躬腰踩着小碎步走上台，也装出一副可怜相，企图逃避群众斗争，他说："我是个地主，剥削了大家。我对不起大家。大家算吧，算下啥我给啥，算下多少我给多少。"

"石廷璞，我多少年给你当牛做马，一年到头算下账来，我还欠你的债。你害得我全家没吃没穿，今天我要和你彻底算账……"在群众拥护声中，刘马儿第一个走上台，冲石廷璞算账，向群众诉苦。

此时群众情绪更加激昂，口号声一浪高过一浪，接着刘马儿、段敖全、陈德虎等人的媳妇、张二秃等也都上台诉了苦，申了冤。威风多年的地主今日灰溜溜低头认罪，把自己剥削来的土地、粮食、财物等交了出来，群众分得了胜利果实。

刘胡兰他们掀起了一场云周西土改龙卷风！

土改像块锋利犁铧，划醒一片冻土。人们对土改的呼声越来越高，云周西村的效果竟比大象镇的还要好。

轰轰烈烈的土改运动教育了广大群众，也进一步教育了刘胡兰，她更加认识到群众力量的伟大，什么事只有发动群众，才是成功之路。

军鞋风波

对革命，刘胡兰认真纯粹，眼里根本揉不得半点沙子。她不仅痛恨阶级敌人，积极向地主恶霸展开斗争，而且还敢于站出来跟坏人、坏事做斗争。

土改完没几天，区政府分配给云周西村妇女200双军鞋任务。

刘胡兰请示过石世芳、吕雪梅等区领导后，与妇女干部金仙、玉兰等讨论商量，决定还像纺线一样，把军鞋任务分配到各家各户。要不说云周西村是红色堡垒"小延安"呢，群众基础好就好在这里，困难再大不吱声，任务再多也能保质保量完成。

任务分配下去，刘胡兰等既做自己的，又隔三岔五挨门逐户督促、检查。

一天，刘胡兰来到段二寡妇家，发现她家冷锅冷灶，根本没开工，这已是第三次督促。当初分配任务时，这个段二寡妇就推三躲四，一说没工夫，二说手又拙，三怕做不好。经过刘胡兰耐心动员，她才勉强应承下来。结果光动嘴皮子，根本没动手、动工的意思。

刘胡兰不禁细细打量起这个女人来。

段二寡妇年轻轻没了男人，守着独苗和公婆熬日月，日子过得稀水寡淡，清寂孤苦，本叫人同情。可她并不实诚过日子，净思谋些歪门邪道，仗着几分姿色，不是依附这个男人，就是谄媚那个权势，自己立不住，站不稳，走不正，四邻五村名声挺不好，赖人家她看不上，好人家都不请她这尊神。二寡妇呢，有些轻浮念头，穿衣打扮、举手投足就格外丢人现眼，说话挤眉弄眼，走路妖里妖气，脸上本已爬满褶子，可总爱搽油抹粉，人前人后，一股怪味缠来缠去。更叫人反胃的是，她依仗一些权势男人，以为十分靠得住，腰里有了把硬的，时常在平常女人面前显摆，惹得女人们都讨厌她，又拿她没办法，谁要她是寡妇！这次做鞋，大家都搭伙凑份，偏她单着，羊圈里跳出头骆驼，没人愿意和她合伙。她嘴一撇，眼一斜，说，别以为自己是凤凰疙瘩，要我看，谁是草鸡，谁是凤凰，得看谁攀的枝儿高，飞得远，你们看我不顺眼，我还瞧不上你们土里土气呢。女人们也不搭理她，她一个人咕噜几句，和自己的影子一组，做两下就扔到一边。

"哼，看她啥时能把军鞋做起，做得太晚了，非要处分她不可，还怕她不做哩！"刘胡兰生气地说。

八九天工夫，已有妇女陆续交上作业。

一双双真材实料、做工扎实的军鞋被送到村公所。两天之后，大部分军鞋如期交上。只有个别人没交上，刘胡兰和女干部一边检查交来的军鞋，一面督促未交户。

"这可咋办？人家已经全交了，我还没动手。"段二寡妇急了，决定临时抱佛脚，以次充好，瞒天过海。一双普通军鞋要4斗粮，她用2斗小麦买了一双，质量能好到哪里去！

"不管咋样，先蒙混过关再说。"段二寡妇揣着那双劣质军鞋，来到村公所，趁人不注意，偷偷塞到鞋堆里。

"你的军鞋呢？"

"已交到鞋堆里了，不知哪双是我的，都混一起了。反正都是好的。"

三扒拉两抓挖，很快就找到了段二寡妇塞进来的那双军鞋。因为谁交来的军鞋，就写着谁的名字，刘胡兰就用这种办法杜绝有人蒙混过关，糊弄妇女干部。段二寡妇哪里敢写自己的名字，所以一下就能找着。刘胡兰拿在手里，觉得轻飘飘，软塌塌，大不对劲，敲敲鞋底，摸摸鞋帮，说："不对，这是面子货，里面一定有鬼。"

真材实料有分量，谁都瞒不了谁。称了一下，分量不够。刘胡兰说："你这鞋里一定有假，怎么轻飘飘的。"

没等段二寡妇开口，坐在一旁的石五则说："一双军鞋能藏啥假！胡兰子，别太认真了，收下吧，这鞋没假。"

刘胡兰拿起又仔细察看一番，发现鞋底边儿是用黑墨汁涂的，她拿着鞋走到石五则面前，说："你说没假，我说有假，不信咱拿刀割开看一看，究竟有假没假，看谁说得对。"

"胡兰子，你个猴鬼，跟我来真格的。没有假，你为啥要割开来看！如果割开没有假，你咋办？！"石五则恼羞成怒。上次刘胡兰在会上批评他，当着党员干部的面揭穿他，叫他吃了个严厉警告，他本就对她心怀不满。这次她又当着众人面顶撞他，他更加不满了。

"如果没有假，我宁愿受处分。"

革命不能做骑墙式，怕得罪人就不做工作，做工作就不怕得罪人。刘胡兰想她是出于公心，跟他们没私仇！依然坚持自己的观点与行为，遂拿着鞋找到党支部书记石居仁请示。石居仁支持她，让她割开来看个究竟，以严惩坏人，教育大家。

"咔嚓"，一刀剁开鞋底。真相露出来了：鞋底絮的都是草纸和卫生衣片子，一堆烂芯子，鞋帮子也是烂衣破布。

真相大白了。事实胜于狡辩。

石五则和段二寡妇都无话可说，脸白一阵红一阵。刘胡兰针锋相对地说："派你做鞋你不想做，结果就送来这种鞋。怎么有脸给八路军穿！你这是故意捣乱。"

"鞋不是我做的，是花钱买人家的。要怨怨卖鞋的，不能怨我……"段二寡妇推卸责任。

"你不出好价钱，能买来好货？你这是哄谁哩？哄八路军？应该处分你。"

"处分就处分，我才不怕哩。"段二寡妇知道有靠山，所以满不在乎。

"我说有假，你说没假，你看到底有没有？非好好斗争她一顿不可。"刘胡兰回头对石五则说。

"算了吧，这次又不是她做的，要斗就斗争做鞋的。"石五则替段二寡妇开脱。

一个要斗，一个不让斗；一个说真，一个说假，刘胡兰跟石五则吵了起来，后来还是陈玉兰等人把刘胡兰劝了回去。

"你们大家评评理，这事该怎么办？"一出村公所，刘胡兰就碰到陈德邻、郝一丑，把这事告诉他们。

"斗争段二寡妇。"大家一致赞成。

陈德邻还说石五则包庇段二寡妇，和刘胡兰要一起找石居仁，商量对策。

没走几步，石居仁和王瑞正好走过来，刘胡兰刚要汇报情况，王瑞一摆手，说："胡兰子，你做得完全对。我们不但要处分段二寡妇，更要处分石五则。"还把斗争段二寡妇的任务交给刘胡兰。

王瑞对石居仁说："开个会，研究石五则问题。"

石五则包庇段二寡妇的事情，很快就传遍全村，人们议论纷纷："这二人狼狈为奸，背地里偷鸡摸狗。""段二寡妇抱着石五则粗腿，胡兰子能斗得过人家！"

干部讨论会上，研究如何斗争段二寡妇，石五则依然说："我不同意斗段二寡妇，鞋是买来的，她怎么知道里面有假！"

"段二寡妇自己不做，又不想多掏钱买鞋。往常她交粮、劳军样样落后，你为啥替她说话？"刘胡兰跟石五则一来二去，丝毫不放松。

"你才当了几天干部？就学会了给人扣帽子？"石五则怒冲冲地说刘胡兰。

刘胡兰紧紧依靠党组织，和其他干部一起，尖锐批评了石五则一系列丧失党员革命立场的行为。石五则对她更加不满，简直恨之入骨。

第二天召开全村妇女大会，斗争段二寡妇。会上，刘胡兰把段二寡妇做鞋经过向大家讲了一遍，并拿出鞋让大家看。妇女们看了，都气愤地发表意见，批评段二寡妇。最后对段二寡妇做出处理：罚做5双军鞋。

在群众面前，段二寡妇低头认错，接受大家对她的处罚。

为纯洁党组织，提高党的战斗力，根据石五则所犯错误，区委撤销其农会秘书职务，并开除其党籍。

军鞋风波终得平息。

这对刘胡兰而言，无疑又是一次锻炼。她在群众中的威信大大提高，因为她奋发刻苦，云周西村妇女工作样样走在全县前头，受到区上多次表扬。

不少群众说，胡兰子真能干，办事公正，能和坏人坏事作斗争。

不少干部说，党员要都像刘胡兰那样，什么事情都能做好，真正做到不忘初心。

组织担架队

1946年6月以后，蒋阎反动派全面进攻解放区，7月至9月阎军调兵遣将，向晋绥特别是晋中平川一带大举进攻。解放区军民在党的领导下，英勇抗击敌人。

形势越来越紧张。刘胡兰一面积极搞好村里的工作，另一方面还勇敢完成支前任务。

8月的一天，从祁县出来扫荡返回的"勾子军"，被我12团拦腰截在离北贤村不远之地，八路军在那里布下天罗地网。

战斗非常激烈，伤亡难免严重。

消息很快传到云周西村及周边村庄。

吕雪梅奉命来云周西村组织担架队，刘胡兰帮她动员。年轻人积极报名参加，不多会儿，就组织起20多副。刘胡兰请示吕雪梅："雪梅姐，我也要去。"

"你不怕吗？"

"怕什么！八路军打仗流血都不怕，我还怕什么！"

"好吧，你就随担架队到大象镇，组织妇女烧水、做饭。"

大象镇驻扎着参战部队前线指挥所，离北贤村只有三里地。枪声一阵阵传来，子弹也不断落在村庄附近。

刘胡兰忙着组织妇女烧开水、熬稀饭。她性子急，老嫌火不旺，不免爬在灶口上吹，又拿起纸片子扇，出来的烟把她的眼熏得通红，烟尘满脸。

水烧开，饭煮好，她和妇女们挑上担子送给战士们。部队首长再三劝阻她们："这里危险，你们不要再来了。"

"不怕，战士们不也在这儿嘛！"

刘胡兰一副爽朗无畏的样子，带领妇女给伤员喂水，帮助包扎伤口，安慰受伤战士，小小身影总是活跃在最艰苦的地方。

战斗从早上一直打到天黑，直到阎军37师2团被全歼，刘胡兰她们才离开。

第二章 死的光荣

坚持留下来

阎军进攻解放区的罪恶计划已经形成。9月，派来72师214、215、216三团，在少将师长艾子谦的带领下闯入文水县境。

这一下像来了把硬的，地富武装还乡团如借尸还魂，在堡子村、东旧城村、石侯镇三处扎下据点，很快扩散到离云周西村只有20里的西庄村。

敌216团在边山孝义镇扎下据点，封锁西南山口；214团在开栅村，制造"开栅惨案"，并封锁西北山口，妄图截断平川与西山联系，摧毁我平川人民政权。

正如党组织所分析的：斗争形势严峻到了极点。

在阎军庇护下，地头蛇们出洞了，地主恶霸组织起"复仇自卫队"，向人民群众展开进攻。土改，分浮财，差点要了那些豪强地主们的命。他们多年经营，一点点积累起的财富,一夜之间,在眼皮子底下被泥腿子瓜分不少。这叫啥道理!分明是抢嘛!这是谁的天下!心头积聚了太多仇恨,反共倒算岂能手软!

一浪一浪反扑过来。正规军与地方武装裹挟在一起,猖狂得像条条疯狗,窜扰各村。反革命武装所到之处,两件事:抓人加抢粮。

天空阴云弥漫,敌我斗争局面紧张得叫人喘不过气来。

中共晋绥八地委在信贤召开紧急会议,研究部署平川地区自卫反击工作,决定积极备战,在平川的武工队,能坚持工作的坚持工作;已经公开又不便隐蔽的,以及一些工作不久、锻炼不够的干部,由八专署专员米建书负责分批转移上山。

中共文水县委会议后,五区委召开扩大会议,传达县委会议精神,具体部署全区工作,决定王瑞、吕雪梅等留下坚持平川工作,让刘胡兰等转移上山。

会议结束后,吕雪梅来到云周西,把这个决定告诉刘胡兰。

刘胡兰却说:"我要求上级把我留下,我人熟地熟,能够坚持斗争。"

吕雪梅说:"敌人很可能会反攻倒算,来势凶猛。战斗更为残酷。"

刘胡兰说:"反攻倒算?不怕,来吧。革命从来没有和风细雨,没有温情脉脉,只有你死我活的斗争。"

见刘胡兰请求诚恳,态度坚定,吕雪梅答应请示组织后再决定。

五区区委会上,吕雪梅向组织提出刘胡兰的请求。

那时候，刘胡兰想的更多的是入党宣誓时，两位介绍人石世芳的一番话、吕大姐充满信任和期待的眼神，所有这些都深深印在她脑海里，一到困难时，她就会想起他们，想到自己是如何把一颗心托付给党组织，如何让一颗信仰的种子埋进心田，让它生根发芽，渐趋茂繁，长成一棵大树……

王瑞、石世芳、吕雪梅分析了刘胡兰的情况：人熟地熟，刚入党不久，群众不知道她是党员，年纪小，又是女同志，敌人不会太注意她，便于隐蔽工作。此次会议决定：接受刘胡兰请求，留她在平川斗争。

石世芳将此决定汇报给县委副书记石玉和八专署专员米建书，二人都同意刘胡兰的请求和区委决定，并对刘胡兰进行了革命气节教育。

随后吕雪梅、石世芳将区委决定告诉刘胡兰，并嘱咐道："要坚持工作，站稳立场，销毁证据，准备对词，不管在任何情况下，都不能背叛革命。"

刘胡兰满面严肃和坚定地说："我一定听党的话，保守党的秘密，不怕任何困难，保证做好工作。"

1946年10月15日，阎军72师215团1营在大象扎下据点，二连和机炮连常驻大象镇，在王家堡、西庄村周围活动，进行所谓的"开展地区，建立人心政权"。云周西村被敌人划为"开辟区"。

此种形势下，为加强对敌斗争，留下来的县、区干部都是区干部不离区，村干部不离村。为躲避敌人的袭击和抓捕，他们经常转移，有时一个晚上转移好几个地方。白天吃不上饭，晚上睡不好觉，非常艰苦。

★ 刘胡兰选择留下来继续战斗。

吕雪梅和刘胡兰根据党的指示，经常出没在东堡、信贤、城子、云周西、王家堡、南胡家堡等村庄，一面动员群众，一面坚持对敌斗争。

王家堡是刘胡兰外婆家，母亲病故后，她经常来舅家，主要宣传革命道理，和周边邻家很惯熟。其中有位李贞芳，是一名童养媳，长刘胡兰9岁，两人处得尤其好。

2020年11月16日，我们采访到李贞芳的侄儿、多年担任王家堡村主任、现年65岁的王福，他告诉我们："大娘经常给我们讲，刘胡兰来了就找她，有时还跟吕雪梅一起来，带动四周围一大片群众积极革命。王家堡后来成为革命'红色堡垒'，跟刘胡兰的积极发动、宣传分不开。"

驻村干部马国川带领我们看了刘胡兰外婆和李贞芳两家的旧院遗址，果真房前院后，相距不远。

如今，王家堡以退伍老兵王建胜开发的"天后岛"为中心，率领智慧的王家堡人争做胡兰传人，积极宣传胡兰精神，弘扬红色文化，让胡兰精神在新时代绽放新活力，脱贫攻坚，决战完胜，振兴乡村，齐奔小康。

九泉之下的刘胡兰看到以王建胜、王福、马国川三位为代表的故乡人，如此奋进之姿，拼搏之态，定倍感欣慰。那个时候，刘胡兰常冒着生命危险，把标语、传单按照组织指定路线，送发到各村的地下党员。

"毛主席万岁""中国共产党万岁""打倒蒋介石、阎锡山""大力支援八路军""坚决打退阎匪军进攻"等标语常出现在这些村的墙壁上，街道两侧。

★ 胡兰家乡胡兰精神传承者。左起依次为：王建胜、王福、马国川。

1946年11月，八路军为保卫延安，把活动在文水、交城、汾阳一带的八路军11、12、13、14四团调去晋西参加作战。阎军趁此作垂死挣扎，他们在晋中一带实行"水漫平川"式的残酷"扫荡"。敌人妄称"水漫式"进军，"满天星"式地下组织，"河塌式"建立伪政权，真是残酷至极。

中旬，敌方集近万兵力，其中包括72师在内，重点进攻文水。文水人民遭受巨大灾难，城内各家商铺几乎全部关停。73师在离云周西村不远的南胡家堡扎下据点，东南汾河去路被堵塞；驻在平遥的44师，在文水最南边境的徐家镇扎下据点。保安一团在东北面的南安、北胡，保安六团在文水东面的西社镇扎下据点。驻扎在汾阳的70师也不断北犯骚扰。从东面的汾河边上，一直到西山脚下，成百里宽的文水平川境内，敌人驻扎了15个据点，企图用这决堤洪水式的扫荡，彻底摧毁平川各个村庄的共产党组织、民主政权和人民自卫武装力量。

一些暗藏的特务分子和反动地主此时也嚣张起来，像云周西刘树旺、信贤焦大林等地痞流氓公开投敌。云周西伪村公所书记张德润当了阎匪坐探，大象镇恶霸地主吕德芳插起"奋斗复仇自卫队"黑旗，匪徒扩大到40余人，和驻村阎军紧紧勾结，向附近一些村庄的群众进行抢劫、屠杀，威胁村干部和积极分子，要他们"自首"。吕德芳凶恶地说，不遵守命令就杀头，决不客气。

为对付敌人的残酷"扫荡"，党采取了一系列对策：对各村已经"红"了的人民政权和群众团体的工作干部，部分共产党员和积极分子，按照县委部署有组织向山区撤离。少数共产党员接受上级指示，留在本村坚持斗争。部分区村干部、民兵、共产党员、积极分子组成武工队和参战队，跟刘胡兰一样，住野地野墓，忍饥挨饿，熬刺骨寒风，出生入死，可依然坚守岗位，服从组织，严守纪律，为党和人民的解放事业做出艰苦卓绝的斗争。

紧张危急关头，正是考验每个同志的最好时刻。它像一面照妖镜，人人都从中看到了自己灵魂深处的真实。

石五则，曾当过农会秘书，曾是一名共产党员，因党组织没让他转移上山，成天牢骚满腹，不但不积极立功赎罪，向党组织靠拢，反而千方百计投靠敌人，以保全性命。一次刘树旺回村搬家，石五则为保命，对刘树旺说："八路军真没良心，扔下我躲没躲处，哭没哭处。"刘树旺看中了这个怕死鬼，在他答应了"不做事不能保命"的条件下，引荐他到本村大地主石廷璞和吕德芳岳父石春义处，得其赏识和利用，从此石五则从思想上、组织上完全背叛了党和人民，和蛇蝎蚰蜒走到一起，进行种种罪恶勾当。

其实，那个时候，党组织完全有理由除掉这个无党性原则、性情反复无常的叛徒。可惜历史不可假设。

但是，像刘胡兰一样无数忠诚于党、忠诚于革命、不忘初心、牢记使命的共产党员、革命干部，他们表现出了不退缩、不畏惧、不动摇的英雄气概，表现出了真正共产党员的气节与精神，和敌人展开了英勇斗争。

被冲散

节令快到小雪，像形势一样，天气也上了紧，寒意一天比一天浸入骨髓。这天刘胡兰回来，见胡妈妈在灯下缝棉衣，是奶奶穿过的，舍不得烧掉，说掭掭掭掭，给她做件御寒衣，要不睡墓坑钻野地，半夜三更在外面，可别像王连长那样，得个皮肤病，咋整！刘胡兰说没事，她不会那么娇嫩。

刘胡兰一头从外面扎回来，灯苗被冲得摇晃几下，瘦瘦的灯苗被撕扯，走形，但最终还是稳住站定，滋滋吸着灯油，看着娘俩说话。

没说几句话，刘胡兰又要出去，说有行动任务。胡妈妈说就快了，还有两三针，让她先吃点饭。说着棉衣上身，草草扒拉两口饭，刘胡兰又走了。

这天是1946年11月16日，敌人出动6个团兵力，向文水县"扫荡"。当时五区只有很少一部分游击队和武工队员，战斗力明显不足。除此之外，留下坚持斗争的干部，还不一定人人都有枪。

吕雪梅和刘胡兰转移到南白家庄后，仍然没冲出包围圈。枪声不断响着，其余同志都被冲散了，他们和县委、区委的联络也中断了。

这天晚上，她们住在副村长家里。

拂晓时分，枪声不仅没停，反而更紧了。敌人眼看就要进村。吕雪梅要刘胡兰在副村长家等她，她去村公所联系，见到杜杰等干部，问下一步怎么办。杜杰等也吃不准扫荡会持续多久，只能走一步看一步，暂时隐蔽为主。

刘胡兰一个人在副村长家等了会儿，没等到吕雪梅回来，以为又被"洪水"冲断，便一个人回了云周西。

等吕雪梅回来，已经找不见刘胡兰了。

刘胡兰灰头土脸回到家里，已是天明。

"吕雪梅找过你，你见着她了？"胡妈妈悄悄告诉刘胡兰。

刘胡兰摇头，南白村被冲散的事，她对谁都没讲。

"吕大姐说找你有事。"

"啥事？"

"听说要派你进山。"

"真的？"一听此话，刘胡兰转身就往外走。

"吕大姐说她今晚住大象，明天能不能回来还两说，我说你就在家里等她，找人不如等人。"

"好，妈说得有道理。"刘胡兰坐下来，掏出小日记本和破水笔。

"王连长送的钢笔，好用吧？"胡妈妈故意问。

"舍不得用。出来进去怕丢了。如果真丢了，就更对不住王连长了。"

"倒也是。"

刘胡兰说想把这两天动员新战士的经验总结一下，把对敌斗争的经验划拉划拉，可水笔抵住本子，没写下一个字，两眼盯着油灯，愣在那儿。

"想啥呢？"

"妈，你说，西山算抗日根据地，多少人向往着去那里工作。知道吗，西山在平川一带相当于延安，去了那里，跟党要近一步。这对一个战士是多么高兴和荣耀的事。"刘胡兰越说越神往。

妹妹爱兰子也被惊醒。听说姐姐要去西山，先是含不得，接下来愁她走了自己咋办；最后又试探着她，说想跟着走。结果碰了软钉子，便缩了脖子不说话。小孩子到底禁不住，也慢慢学得有些乖，碰了钉子便不再执拗，反过来为姐姐感到高兴，问东问西：离家远不远，山里人吃啥穿啥，比咱云周西大不大，山里有没虎狼……

开头，刘胡兰极尽想象给她描绘山里的样子，妹妹见姐姐回答得有趣，也对西山越来越好奇，问题越来越多，最后刘胡兰终于答不上来了，说："我也没去过西山，不知啥样，等你长大了，带你去。这才哄得妹妹先睡了。"

"把你去西山的消息告诉你爷爷和你爹，省得他们为你提心吊胆。"

"等具体定了哪天走再说。"

一宿，胡妈妈都能听到刘胡兰在炕上"翻烙饼"。

其实，刘胡兰对西山革命根据地充满向往，但她知道村里的工作更需要她。刘胡兰尽管回到村里，心却日夜惦记着吕雪梅，见人就打问雪梅姐回来没有。所问之人都摇头。他们都泥菩萨过河——自身难保，哪里还顾及他人。

转移到别处的吕雪梅也同样惦记着刘胡兰，后来知道她回到村里，便向区上提出接刘胡兰上山的意见。

不久，党组织便调吕雪梅到地委学习去了，刘胡兰继续留在平川战斗。

除掉伪村长

12月21日，冬至日前夕，北方白天最短，夜晚最长。

雪不断下着，又冷又潮。黑夜早早降临，天气似乎更冷了。

就是在这样一个冬夜，刘胡兰来回放哨，冷得不住地搓手，箍箍头上的白毛巾。她在监视一个人，等武工队下来，干一件非常重要的事。

前几天，一个年纪不大的女人神色慌张地找到刘胡兰，她是二区区长陈德照的姐姐陈玉叶。

"玉叶姐，你有啥事儿？"

陈玉叶紧张地看看四周，告诉她一件非常重要的事：原云周西伪村长石佩怀，小名石大成，过去曾给八路军做过些事，如今却打着"国军"招牌，接受了阎政权大象镇乡长任命，积极为阎军派粮派款，递情送报，瓦解我方工作人员堡垒。此人到处摇旗呐喊："天要变了。"一天，他进了陈玉叶家，对她说："叫你弟弟陈德照回来吧，只要回心转意，我保证他在国军面前没事。"陈玉叶没回答他。石佩怀临出门，又恶狠狠说："你赶快叫，如果不叫，哼！"一面说，一面挥舞拳头，叫嚣示威。陈玉叶感到事态严重，赶紧过来报告。

"这个石佩怀，为了讨好敌人，经常狐假虎威，威胁群众，要群众三天两头交粮食给国军，不然就对他们不客气。他已经成了阎军的忠实走狗了。"陈玉叶愤愤地说，"群众背地里都叫他'伪村长'。"

说起这只狗真不是东西。自从阎军驻扎在大象镇，他就趾高气扬，抖得快上天了，狂妄无人，整天仗势诈唬老百姓，还叫嚣："你们要认清形势，眼下是阎军的天下，以往凡给八路军办过事的人，现在只要转身跺脚，抖干净毛，到我名下投案，我石某人就给你做担保，保证你有好日子过。"听在大象摸过底细的人说，这个石狗子还公然威胁区干部、村干部家属，命他们赶紧叫回在外工作者，或者告诉他出去的人在啥地方干啥工作，只要悄悄给他透个风，他就能保全这个区干部全家性命与财产，否则他就会报告阎军，叫他全家吃不了兜着走。他还放言：这年头，谁也不容易，谁也给谁个面子，谁也给谁条路，大家都相安无事，保太平，要是谁都不尿谁，都不愿意往一个壶里尿，那就别怪他无情，干脆撕破脸，拼个你死我活，到时候，枪子儿可不长眼，别怪他石狗子乱咬人！

真是一只咬人的疯狗！

这只疯狗不仅狂妄，而且狡猾，他和石廷璞好像还沾着啥亲，出来进去，相当谨慎，怕八路军枪子儿不长眼，要了他的命。

老百姓都恨他，可谁都拿他没办法。

如何才能除掉这只害人不浅的狗？

刘胡兰通过地下交通员将情况汇报给区长陈德照，并派我方秘密村长白玉河到区上，要求除掉这个地头蛇。

"此人已经成为扎在云周西村群众背上的一根芒刺，成了我们开展工作的绊脚石。我们必须除掉他。"陈德照很快将此事汇报给文水县长许光远，并请示处理办法。

许县长做出明确指示：对这种死心塌地的走狗，必须坚决镇压，以打击敌人的嚣张气焰。

刻不容缓。也为有"黑暗早尽、黎明早来"的纪念意义，除掉石佩怀伪村长就选定在12月21日这天晚上。陈德照带着武工队队员,从西山下来,摸进云周西,一进村就找刘胡兰,研究行动计划。

陈德照说:"县上决定,今晚镇压石佩怀。"

刘胡兰惊喜地说:"村里人都恨死了石佩怀,早盼政府除掉他。"并自告奋勇,担任放哨任务,于是就出现了开头那一幕。

陈德照视刘胡兰如亲妹妹,见天冷地寒,她一个小姑娘,不免关切地问:"要不要再放个哨?"

"不用啦,我一个人在这里不惹人注意,你们快去吧。"刘胡兰箍箍毛巾,搓搓小手,满脸肯定地说。

陈德照隐蔽在南护村堰上,武工队队员来到石佩怀大门口。这时石佩怀正在家里炕上躺着,抽烟消遣。

一名武工队队员在大门外四处瞭望,另一名武工队队员越过院墙,走进屋内,用手枪指住石佩怀说,陈区长叫你出去说几句话。

一下弄不清底细,石佩怀翻身爬起来,也不敢明着拒绝,含糊答应着,两眼盯着武工队队员手里的枪。武工队队员命令式催促道:走吧,陈区长就在门外。

伪村长石佩怀一步三挪走出大门,武工队队员紧跟在他身后。不一会儿,3人一起来到护村堰上。

"区长叫我啥事?"石佩怀明知故问,给自己壮胆。

"你的罪恶你知道。我代表文水县人民政府判处你这个死心塌地做阎匪走狗的死刑。"陈德照严肃地说。

三个武工队队员一拥而上,用绳子勒住伪村长的脖子,这个家伙就这样悄无声息地倒了下去,到地底下给阎军卖命去了。

刘胡兰很快走过来,向陈区长汇报当前村中各项工作情况,并且和大家道别,目送三人消失在漆黑的旷野中。她回家时,还是老规矩,拿砖头轻敲侧墙,胡妈妈轻轻起来为她开门。尽管动作很轻,但还是惊醒了父亲。父亲问她干什么去了,刘胡兰轻声说:"上茅房,看门闩上牢没有。"

刘胡兰躺下刚合眼,大块的黑暗便涌了过来。

范思聪之死

茫茫长夜何时旦?

过了三四天,刘胡兰就听到了一个噩耗:范思聪被伪保警抓捕了。

在哪儿被捕?炮守堡村。

范思聪,何许人也?

又名范达轩(玄),小名二则,1897年出生于南胡村。青少年时代勤奋好学,曾就读于太原市二普师范,就是后来成成中学的前身。受革命思想熏陶,成为思想进步的青年。毕业后,返回故乡,以教师身份为掩护,宣传革命思想,从事地下活动和工作。后来任文水河东五村联校校长。因为同乡关系,更因为革命思想的影响,胡文秀经常在刘胡兰面前提起这位范思聪先生。

范思聪的女儿,今年85岁的范淑秀回忆,说她父亲常编词、编曲,在村里戏台上教孩子们唱有进步思想的儿歌,唱《在松花江上》等歌曲。有一次,他带回一本油印课本教她读，第一课讲的就是《陕甘宁边区好》。

说起父亲，范淑秀满怀深情，说南胡村在当时属敌我交错区，常常是白天阎匪军在，晚上共产党活动，斗争尖锐复杂。这种形势下，范思聪冒着风险，到街上劝阻那些在墙上刷写反动标语者，要他们把眼光看得远一些。他自己也不顾生命危险，晚上和一些同志出来贴反蒋抗日的标语。她至今保存的唯一一张父亲照是父亲1942年拍的留有胡须的相片。范淑秀说，她父亲曾对母亲说他"不愿为日本人工作而留胡子"，以此明志，表明他与日伪蒋阎反动派势不两立的决心。

1946年，全面内战爆发，阎匪军展开"军事肃反""水漫式"扫荡，白色恐怖笼罩文水大地，阎匪在其统治区推行"三自传训"的反动政策，大搞"自白转生"、乱棍打人、滥杀无辜的暴政。12月里，在范思聪被捕前几日，几乎每天晚上都有人要范思聪"自白转生"，但都被范思聪严词拒绝了。

范思聪的慷慨正义和斗争信念使敌人失去了耐心，也露出了凶残的本性。敌人终于对他下狠手了。

12月25日，范思聪被阎匪军伪保警队从炮守堡村学校抓走，关到邻村王家堡一间冷屋子里，审讯了一天一夜。说是审讯，其实无非是继续逼范思聪"自白转生"，却屡屡遭范思聪坚决拒绝。

12月26日晚，敌人把范思聪押回南胡村，吊绑在伪村公所外老爷庙前的一棵大杨树上。为杀鸡吓猴，为屠荼人心，伪保警队四出敲锣，要每户派一男子到村公所开会。

★ 曾任五村联校校长的革命者范思聪。

虐心的胆寒,亲人的罹难,场面的血腥,根植于记忆深处,此生怎能忘却!范淑秀回忆说,当时弟弟范耀年幼,母亲王月仙便把他留在家中,只带着大姐范淑贞和她来到会场。快进会场时,有个个头不高的男子,用翻羊皮袄遮着头脸,看不清到底是谁,对每个进会场者低声说道:"不要保范思聪,他是共产党,小心引火烧身。"

不多会儿,会场上黑压压站满了村民乡邻。

遍体鳞伤的范思聪被绑在上面,几名伪保警手端刺刀、荷枪实弹看守着。

年幼的范氏姐妹想喊声父亲,却被母亲紧紧捂住了嘴,范淑秀抬起头,分明看到两行热泪从母亲脸庞上淌下来。

接着就听到阎匪自卫队队长胡正平讲话,时不时威胁问群众:"范思聪是好人还是坏人?"

人群中有一姓曹的老汉大声回答:"是好人!"

老汉话刚落,马上就有阎匪士兵走下去,重重打老汉两耳光。

人们吓得一时不敢再吭声。

接着,王月仙和范氏姐妹就听到胡正平下令要把范思聪拉出去立即枪毙。这下,王月仙急了,一手一个,拉了两个女儿,挤过人群,往范思聪面前冲。

王月仙本来满脸焦急,但当她与胡正平面对面时,神情反而平静下来,说我们是20多年的夫妻,该让我们俩说几句话吧。

这时的范思聪抬起头来,一眼看到了自己的妻女,他的眼神里闪过一丝笑容,但很快就消失了,嘴唇翕动着说:不必求他们什么。

范淑秀说她记住了父亲最后一道眼神,那道眼神足以激励她在以后的人生道路上,不论遇到怎样的艰难险阻,都能闯过去。

王月仙还要再分辩什么,但狠心的阎匪不容分说,一脚将王月仙踢倒在地,一挥手,命令手下赶紧将范思聪带出去。

有的群众要跟出去,却被敌人用枪逼了回来。

当范淑秀和大姐抱着倒地的母亲大哭时,听闻外面几声枪响,有人叹惜说范思聪已被敌人枪杀。王月仙当场晕了过去,大姐在哭,只有小小的范淑秀瞬间止住了哭。她听到在场的老人们说:你父亲死得有骨气,在枪响前,还痛骂蒋阎匪帮,高呼"中国共产党万岁"呢。

革命同志将范思聪壮烈牺牲的消息带回了云周西,大家纷纷讲述着范思聪在敌人面前大义凛然的每个细节,刘胡兰凝神一一细听。喔,想起来了!胡妈妈还带她去过几次范思聪家,那是个多么有文化、有革命思想的先生啊。

令刘胡兰没想到的是,那个时期,像范思聪一样,壮烈牺牲的教师,文水就有几十位,似乎他们都幻化叠加成了一个范思聪,英雄气概凝固在刘胡兰的脑海中:"革命者,就应该这样,坚强无畏,视死如归。"

更令她万万没想到的是,比范思聪牺牲更壮烈、更惨痛人心的场面,20多天以后,就发生在她和其他几位革命者身上。

复仇队进村

敌人再恐怖再惨烈也吓不倒真正的共产党人。

"狗村长"被八路军镇压，真是大快人心。

一大早，云周西村群众互相传告，无不面带惊喜与神秘。

到底是哪位英雄干的？人们充满猜测。

下午，伪村公所书记张德润将"狗村长"死的经过报告给了驻大象镇阎军72师215团1营营部。情报内称：

> 石村长被杀，系八路军区长陈德照及其弟"鱼眼三"和该村女共产党员刘胡兰等共谋杀害……刘胡兰发动妇女，破坏政权。所以该村开展工作颇为困难……

阎军1营营长冯效翼、副营长侯雨寅闻讯后大为震惊，第三天就带兵前往云周西村。在地主石廷璞家里，坐探张德润向侯雨寅再次详述村里斗地主的情况，还报告了我方在村干部、积极分子、干部家属，计有：刘胡兰、张年成、石六儿、张生儿、韩拉吉、梅兰则、金仙儿等。

"狗村长"死后，伪大象乡公所又委派孟永安为云周西村村长。但杯弓蛇影，石佩怀的死令孟永安吓破了胆，他一天也不敢在村里待，只尾随在敌人屁股后面，不断进村诈唬捣乱。

12月26日，在阎军指使下，人象镇恶霸地主、复仇队队长吕德芳和复仇队分队长武金川、白占林带着一帮爪牙来到云周西。到村后，吕德芳命令部下到处搜捕抢劫。他让岳父石春义带他到段二寡妇家，见叛徒石五则。石春义在大门外溜达望风。

吕德芳问石五则："谁领人打死石佩怀？"

石五则说："二区区长陈德照。"

吕德芳问："陈德照家里还有什么人？"

石五则与段二寡妇齐答："有三舅石三槐、大爷陈树荣。"

"真是欺负到头上来了，还罚我多做军鞋。"段二寡妇对刘胡兰耿耿于怀。

"谁罚的？"吕德芳问。

"妇救会秘书刘胡兰、党支部书记石居仁，我不同意罚，这二人非罚不行。"石五则添油加醋说。

"以后可咋办呀！"段二寡妇颇会妖调①男人，特别是做官的男人。

"等逮住他们非割头不行！"吕德芳对她说，"你要多向妇女打探消息，然后告诉石五则。你出进不便，石五则比你眼宽。"

"你告我，我到大象呈报。你也顶一个女将。"石五则说。

"哈哈，原来咱们已成一疙瘩了。"三人沉瀣一气。

密谈结束，吕德芳叫人强迫召集群众开会，进行

---

① 山西方言，似有勾引、诱惑之意。

"训话"。

会上,他威胁村干部要他们"自首",又威胁群众要他们"告密"。可人们都保持沉默,满心抵抗。

"训话"完毕,匪徒们把陈德照家中的东西抢得一干二净,又用枪托把陈德照大爷陈树荣打出门外,一把火烧了陈家房子。

敌人拉着抢来的 18 车粮食、衣物,急匆匆走了。

这一切,都被藏在一家拐弯处的刘胡兰看了个清清楚楚。等匪徒暴行结束,她将此次暴行及匪徒名字,迅速通过交通员石三槐报告给了陈德照。

石五则也通过情报结转站负责人石春义,把近几天了解的情况报告给吕德芳。通过几次交谈,石五则就把云周西村党组织和刘胡兰等人的信息,都出卖给了敌人。

五人被捕

虽然广阔的文水平川依然为恐怖所笼罩,但人们还是以寥落之心、胆战之情迎来了 1947 年新年。这一年刘胡兰年满 15 周岁。

在空前艰苦、异常复杂、情况危急的斗争中,刘胡兰想到的不是个人安危,而是如何维护党的组织和机密。她坚决执行党的指示:消灭证据、准备口供、随时准备做出牺牲。

"东堡村妇救会秘书霍转兰家里,可能有区委同志存放的文件,如果有,绝不能落入敌手,必须立即烧毁。"思及此事,刘胡兰赶紧跑到霍转兰家中。

"有啊，可不是，这时候了，得赶紧全部烧掉。"霍转兰如梦初醒，紧急处理。

敌人加紧报复。1月8日这天，天刚麻麻亮，大象镇复仇队队长吕德芳率领复仇队，随同阎军1营2连连长许德胜，带着几十个"勾子军"突袭云周西村，同来的还有72师师长艾子谦。

许德胜带着几个"勾子军"来到张德润家中，石五则弟弟石六狼也在，许德胜不问青红皂白就将石六狼捆起。张德润赶忙解释说他是石五则弟弟，没给八路军办过事。许德胜叫人给他松绑，并让他带路去抓石三槐，以此"立功赎罪"，不然不放过他。石六狼无奈，带人在李玉芳家抓住石三槐，自己获释。

随后，石五则也被武金川等绑来。但绑得很松，石五则似乎心知肚明。

四间间长石长茂引着4个勾子军，抓住了民兵石六儿和张生儿，还在石廷璞院内吊打了石六儿。石六儿始终没吱声。另一队勾子军又抓了二痨气。

下午，这五人被敌人带到大象镇据点。

5人的被捕，顿使全村气氛一下紧张起来，形势变得危急起来。

"胡兰子，凶多吉少，你赶紧上山吧。"父母替刘胡兰担忧不止。

顶了村公所公人、做了云周西间长的刘胡兰大伯刘广谦也催促她赶紧上山。理由是：两股势力绞合得这样紧，更说明敌人越来越穷凶极恶，这就要求咱地方群众跟西山游击队紧紧联手一处，才更有战斗力。

大伯所言不无道理，父母担心也是为她好，但干革命，做工作，要有组织性、纪律性，走有走的程序，留有留的手续，走不走要等组织上的通知和安排。刘胡兰安慰他们，说不怕，敌人是不会抓住她的。

刘胡兰和全村人都为这5人的命运担忧着。但一时尚未看透其中把戏：石五则被捕，只是为保护叛徒，进一步出卖刘胡兰等革命党人而设的迷魂阵。

1月9日，刘胡兰召集村里几个妇女干部和积极分子开碰头会。刘胡兰对大家说："勾子军抓去咱村5个人，具体消息现在还不知道，要是抓住咱们，咱谁都不能说谁……"接着又布置了些工作就散了。

刘胡兰哪里知道，可恶的叛徒已经出卖了她，出卖了一切。

大象镇武家祠堂内，石六儿、石三槐、石五则等5人各自用不同语言和方式，面对敌人审讯，对自我良知与灵魂做了各自阐释。

"咣"，伴着一声高喝，"石洋六（石六儿）出来！"

牢门被一个勾子军打开，石六儿来到祠堂的一间东房内，这是敌人临时设置的审讯室。副营长侯雨寅坐在圆桌后面的椅子上，面前放一本子，一指头厚，问问，看看，吕德芳、许德胜坐在旁边，孟永安躺在炕上。

石六儿回答他的是一连串"不知道"。

"来人啊，给我上刑。"侯雨寅气极，大声吼叫，接着就是鞭子抽、老虎凳……

第二个被带去审讯的是石三槐。不大会儿，敌人的恐吓声、鞭子抽打声，乱成一片。石三槐也被坐了老虎凳。

审讯完毕，石六儿和石三槐都被扔进牢房，嘴角上、鼻孔里都是鲜血，两人遍体鳞伤，疼得坐不能坐，躺不能躺。

第三个被审问的是二痨气，不大会儿他就被送回牢房，没受刑，只是低着头。

第四个被审问的是石五则。"审问"石五则的时间比较长，因为他有许多话要对敌人说。

"你在村里曾当农会秘书，干些什么？"

"领导群众回赎土地，斗争地主。"

"斗争了谁家？斗争出些啥东西？"

"石廷璞、石廷玉、石汝秀。分粮食、土地、家具……"

"你村领导斗争的人还有谁？"

"妇救会秘书刘胡兰、村长石居仁、白玉河。"

"你是共产党员吗？"

"以前是。"

"你村还有谁是共产党员？"

"刘胡兰、陈德照、石世芳。"

"刘胡兰在村干过些什么工作？"

"发动妇女做军鞋、纺棉花、看护八路军伤员，还给八路军送情报。"

"石三槐和石六儿是干什么的？"

"石三槐是八路军公人，他是陈德照的三舅，石六儿是八路军民兵。"

"你村还有谁给八路军干事？"

"村里还有3人：石世辉是区干部石世芳的四弟；张年成当过12团战士，才开了小差；刘老三是党员，武工队队员刘根深的叔父。"

"你还知道些什么人？"

"张震晋是八路军政委，过去在云周西隐蔽；韩汝范是县抗联主席，过去当过区委书记，保贤人。"

"还有什么？"

"我就知道这些。"

石五则又一次向敌人出卖了刘胡兰和其他革命同志。

第五个被带去审讯的是张生儿，他也在敌人面前说了所知道的一些事情。

密谋屠杀

我方新派去云周西村村长石大成或被暗杀，其致死之因，系该村有一女共产党员刘胡兰，并有伪方区长冯德照（即陈德照）及其弟"鱼眼三"（即陈德礼）等在村潜伏，进行活动，阻碍我方开展工作，刺杀干部，确系该等谋杀无疑……

阎军一营营部当晚将此呈报215团部。

9日，团长关其华在文水城召开团部政务会，与会者有：指导员即政治部主任夏家鼎、副团长祁永昌、政工秘书李天科。关其华说：1营营长冯效翼、副营长侯雨寅、指导员张全宝3人呈报：

大象镇一带，每天晚上有当地民兵、游击队打枪，扰乱一夜不能安宁。有一个女的是妇救会主任（指秘书）肯给八路军送情报，在云周西、大象一带活动得非常厉害。我们要想在文水县推行政权，建立据点，必须要杀几个人，使当地一般农民及游击队、民兵对我们部队害怕，不敢捣乱。1营意见要在大象附近做个典型，我也有此意，非做个典型不可。

政治部主任夏家鼎宣读1营呈报，由政工秘书李天科据此用毛笔给师部写呈报一份。内容如下：

据1营冯效翼汇报，在大象扣了云周西村几个地下工作人员，在审问中供出，在云周西村有七八个人，有的是民兵，有的是农会主任，有的是民兵队长，有的是和八路军有联系的，夜间经常打枪，八路军在那一带地下工作非常严密，部队三个、两个不敢出去。根据一营意见和我们团部意见，为了开展地区，建立据点，可以把这些人在云周西做了典型。为此请示师部，看师长意见如何？

团部呈报第二天，师部复批文：

根据你团第1营营长冯效翼的报告，云周西村八路军地下组织人员活动骚扰部队，将咱们的村长打死，其他干部也都不干了，云周西村的工作无法开展。为此1营呈请处死7人，又你团政务会议研究决定，为了开展地区，建立据点，经师部审核研究，准予将呈报的7人处死，以便建立据点，推行政权，为要。此致。

艾、张落款，并盖师部公章与二人手章。
团部10日接师部批示，夏家鼎让李天科给1营下指令：

　　第一营营长：根据你营报告，由团政务会议研究决定，经师部政务会议批准，准予处死，为要。

关、夏落款，并盖手章，公章盖月日上。
11日，师长艾子谦直接给1营发指令：

　　报告悉，该营对此次开展工作松懈，做法太软，云周西既有坏分子在活动，为何不积极设法铲除，致使村长遭到杀害，显其该营警惕不高，做法不够，今后做法要硬，去掉书生习气，勿存妇人之仁，速将冯德照（陈德照）、刘胡兰等扣获，归案法办，一则为石村长报仇，二则便利今后开展工作，借慰死者，而利将来。此令。

师团指令皆接到，冯效翼当晚在大象"复仇队"文书温颐年家中召开紧急会议。侯雨寅、张全宝、许德胜、李国卿、吕德芳参会。宣布师部命令，令许德胜次日清晨率二连并配合复仇队，前往云周西村召集村民开会，"建立人心政权",慰问石村长家属,搜捕陈德照、刘胡兰等归案法办。侯雨寅补充说:"人犯扣获时,不紧张可带回依法讯办,否则可就地正法,以绝后患。"

诸事分工,许、吕二人均布置属下。

一早出动,一场大屠杀阴谋拉开序幕。

通知转移

就在同一天夜里,党组织给刘胡兰带来指示。

陈德照、刘芳带20多个武工队队员进村,架好机关枪,放好警戒哨。陈德照叫姐姐唤来刘胡兰。

暗夜里的相逢,颇有沧海桑天、生死迷离、绝处逢生之感。见到陈德照,刘胡兰由衷高兴,把村里的一些工作、阎军抢东西放火和5人被捕过程及本村大象一些坏蛋名字一一汇报陈德照,说不管多么危险,我一定坚持到底,并问吕雪梅去向。

"自'水漫金川'后我一直没见过她。"陈德照说,"胡兰子,据当前情况,你继续留在村里很危险,组织上决定让你和金仙转移上山。"

"我坚决服从党组织安排。保证动员金仙一起进山。"刘胡兰表示。

"我和刘芳一会儿还要带武工队到赵村、伯鱼村执行其他任务,不能带你们马上走。这样吧,明天你们必须去北齐安常厚家,我派人护送你们上山。"

刘胡兰点点头,上山的事就这样决定了。

安常厚何人也？

2020年11月14日，我们采访的正好是安常厚姑表兄弟，现年80岁的刘芝。他和北齐百岁老人任根常共同证明说：安常厚是抗战时期北齐村村长，人机智能干，与当时开酒坊的刘国辉成为我党北齐村主要联络人。因北齐地势开阔，东靠汾河，易隐蔽，好逃脱，刘芳、陈德照等常在这里活动。安常厚后来南下，任湘潭县县长。

临走，刘胡兰一再嘱咐陈德照、刘芳二人，如果看到吕雪梅一定要把自己的情况详细告诉她，让她放心。吕雪梅如果对云周西工作有何新布置，也务必设法通知她。

当晚，刘胡兰就住在金仙家。这两天金仙妈没在村，刘胡兰一连几夜都住在她家。两人睡一个被窝，刘胡兰将陈区长指示告诉金仙。金仙表示同意上山，但又想等母亲回来。夜已深，这对患难的姐妹，话总说不完。第二天天刚亮，金仙妈从信贤回来，听说女儿要上山，赶忙一面帮着拾掇衣物，一面做饭。

趁吃饭光景，刘胡兰回家收拾东西，也做准备。

冬天的清晨，寒风凛冽，像刀子削过人的脸庞，地面积雪不时被风肆意扬起，又随风散去。刘胡兰一进门就告诉爹妈："我准备今天走啦！和金仙到北齐村找安常厚，等陈区长接我们上山。"遂将昨晚陈德照带来上级指示的事简单说了一下。

"赶快走吧！这兵荒马乱的，你多待一天，家人就跟你提心吊胆一天。"

一听刘胡兰要上山，刘氏夫妇提着的心才落了肚。前几

★ 北齐村百岁老人任根昌和 80 岁刘芝共同回忆抗战时期本村地下联络点。

天石三槐、石六儿等被抓，一家人无不为她担心，现在听说她准备上山，自然感到高兴。

"换身干净罩衣。"刘胡兰想起这么多天在外头滚缠，衣服都脏了。

"就换那件红色的吧，上山喜庆点。"胡妈妈提议道。

"那我把这两件衣服洗了。"刘胡兰一向是个勤快女儿。

刘景谦特意去井台挑了两担水，胡妈妈忙着给闺女收拾东西。

一切显得那么温馨。

"……一家只留一人看门，留两个的按私通八路办理——"

突然，门外响起锣声，由远而近，庙倌郭三儿的吆喝声隐隐传来。

"什么情况？"爱兰子急忙跑到门外探听。

咱不能连累群众

原来敌1营2连连长许德胜和指导员张全宝已带着兵和"复仇队"突袭云周西，机枪连连长李国卿带100多人封锁各个路口，已包围整个村子。

石三槐、石六儿等被五花大绑走在前面。武金川、白占林在前引路；石五则、张生儿、二痨气混在敌人中间一同进了村，来到村南观音庙前。

庙倌鸣锣，是要召集全村人到观音庙前开会，只许进不许出。

一面召集群众,一面紧张抓人。许德胜带武金川、白占林、温乐德和几个勾子军来到伪村公所张德润处。许掏出3份名单,上面写着:刘胡兰、石世辉、刘树山、金仙儿、鱼眼三等,让张看有没错误。张用毛笔批加每人小名、大名并改正了错字。许德胜将名单交给3个勾子军,人手一份,由武金川、白占林等领着前去抓人。

许德胜躺在张德润炕上抽大烟,说你最好吃上些东西,今天的会时间可短不了。二人吃喝一气,又带些干粮去了大庙。张德润识别被抓捕者是否对头。

石世辉是在十字街井台边担水被抓住的。

段占喜在家中被捕。但石五则说他姓段,跟陈德照无关联,故被放出。

阎匪非要抓陈家人。

二痨气说,就他大爷陈树荣一个人在家。

当即命人将71岁的陈树荣拖了出来,押到大庙之中。

庙前群众稀稀拉拉,匪徒命令庙倌继续鸣锣纠集。

"这可怎办?送胡兰子出村已经来不及,藏没藏处,躲没躲处。"刘氏夫妇急得像热锅上的蚂蚁,束手无策。

"金钟嫂刚生孩子不几天,要不我到她家躲躲吧。"

"哦,这办法行,有生人问你,就说是伺候月子的。"胡妈妈叮嘱着,让刘胡兰从西墙破口处赶往金钟嫂家。

不多时敌人进村,门外的脚步声开始杂乱起来。

锣声一阵紧似一阵,胡文秀、刘景谦带着爱兰子也向大庙走去。

家里留胡兰爷爷照看尚不足半岁的芳兰子。

庙前已聚集不少乡亲，谁都不敢高声说话。

四周岗哨林立，几挺机枪架着，不时有敌人出入大庙。

胡文秀心想：幸亏胡兰子没来，要来了，怕是……正想着，突然感到衣角被谁拽了一下，一转头，竟是胡兰子！胡文秀的心噔儿一下飞到嗓子眼儿。

刘景谦也瞪着眼，说不出话来。

爱兰子也看见了姐姐，说不来高兴还是害怕。

这是怎么回事？

原来，就在刚才刘胡兰挤在人群里往南头走，经过金钟嫂家大门口，她一闪躲了进去，轻敲窗棂格，带着征询口气说："金钟嫂，我敢进去吗？"

"是胡兰子吧？不怕，敢进来。"金钟嫂说。

刘胡兰进门一看，金钟嫂外甥女已伺候产妇，这个名额已被占了，她站在那里，有些拿不定主意。这时又有3人走进来。不大一会儿，白梅姨姨石完则也闯进来，一进门就说："大象铡了两人，怕得不行，来这里躲躲。"

金钟嫂问刘胡兰啥时上山。

"昨天夜里说走没走成，今晚上就走呀。"刘胡兰坐在炕沿上，嗑了瓜子儿喂她二妮子。

"早点走吧，现在兵荒马乱的。"金钟嫂说。

三阵锣响起。

同院一小孩儿进来叫他妈到庙上集合，上气不接下气重复着敌人的命令。

屋子里的人霎时慌乱起来。

刘胡兰站起来，抱着后脑展了展腰，这是她每决定一件事习惯做的动作，用的姿势。她看看金钟嫂，又看看襁褓中的婴儿，眼睛环视了一下屋里所有人，对她的小伙伴说："红梅子，咱走吧。"

"你们也去吧，让完则在，完则胆小。"金钟嫂接着催促其他妇女说。

就这样，关键时刻，刘胡兰不想连累群众，一扬头，拉着红梅子跨过门槛，走出院门，走向大庙。

广场告别

刘胡兰毅然决然地走向村南大庙，走向广场。

200余名群众已被拢集在广场，吵吵嚷嚷，人人惊慌不定的样子。

胡妈妈心下大惊，却不能再说什么。她让胡兰子站在自己身后，用身体尽量挡着她。

"谁是金仙？"白占林冲着人群喊。抓人的勾子军走到金仙跟前。

金仙躲在她妈身后。

"你就是金仙吧？"白占林走过来，一把推开她妈，抓住金仙说。

"她不是金仙！是玉仙。"金仙妈赶紧说。

"妈的，啥金仙玉仙，她就是金仙。"金仙被带走。

金仙妈跟着又哭又喊，被勾子军打回来。

这一切，刘胡兰看得清清楚楚，她表现得异常镇静。

会场上人们紧张而沉默着。此时，沉默是最好的对抗。

不料一个复仇队队员还是发现了刘胡兰,他挤进人群,鬼鬼祟祟来到刘胡兰面前,神气活现叫了一声:刘胡兰!

刘胡兰抬起头,狠狠瞪他一眼,说:"做什么?"

那人嬉皮笑脸说:"我们连长叫你,等会儿你进去,把给八路军做过的事说了,保你没事。不说要你的命。"

刘胡兰咬着嘴唇,轻蔑地看他一眼,"哼"了一声说:"没啥可说的。"

那人白她一眼,气呼呼走了。

胡文秀问刘胡兰那人说什么。

刘胡兰悄悄告诉胡文秀:"那人说名单上有我名字,一会儿叫我,让我把知道的都说了,不说今天过不去。"

这时,刘胡兰显得格外严肃,她已经意识到一场考验即将来临。

站在她周围的群众都凝视着刘胡兰的一举一动。

刘景谦和胡文秀也看着自己的女儿,千言万语在心头翻涌,却吐不出只字。跟姐姐最亲的爱兰子,一双小眼睛眨也不眨,看着心爱的姐姐。

时间仿佛凝固,历史似乎停滞。

一方小手绢,是夏天调到区上,胡妈妈亲手缝制;一只"金狮牌"万金油盒,妇训班时发的,里面的油早就用完,却舍不得扔掉,闻闻味依然可以提神;一枚银戒指是奶奶临终留给她的。三样东西,刘胡兰把它们整理好,郑重地放到了胡文秀手中,胡文秀心情沉重地接了过来,紧紧攥在手里,久久看着她。

她们的眼睛会说话,还是女人之间的心有灵犀。因为她

★ 刘胡兰广场告别。

们都有柔软的心房，有伟大的母性之爱，有善良的女性之仁，更何况胡妈妈一直非常支持她的工作，是一位勤劳持家的好母亲，与父亲一样，是默默支撑在她背后的亲爱家人、亲密战友。

刘胡兰知道她该怎么办，胡文秀也知道自己该怎么办。

大庙审讯

不幸的事情终于发生了。

温乐德随武金川、白占林，气势汹汹冲出大庙，挤进人群，直奔刘胡兰。他们伸手要抓她时，刘胡兰厉声说："我自己会走！"说完她平静地回头望了望妈妈、爹爹和妹妹，那一眼虽近犹远，虽远犹近，将历史与时间拉得很长，仿佛穿越时空隧道，似叮嘱，似宽慰，似告别，仿佛已无回头迹象。头顶的风依然粗粝，晨曦中的太阳落卧在汾河岸上。刹那间，胡文秀眼里的胡兰子已不是当年那个穿枣红格格粗布衣裳、梳小辫儿的小女孩，她的脸雕塑般宁静，眼神如大山般沉静。刘胡兰扭身向观音庙走去，几个人灰溜溜跟在身后。

刘胡兰被捕了。

人群又是一阵慌乱。1排排长牛志义和一伙勾子军端起刺刀恐吓着群众。

大庙里，许德胜和3排排长申灶胜把石五则、张生儿、二痨气叫到另一屋。许德胜问张生儿："今天要铡人，你敢不敢？"张生儿没听清，愣了一下。许德胜刚要发怒，石五则在旁边踢了一脚张生儿悄悄说，就说敢！张生儿就回答说敢！许德胜就要将三人松绑，告诉他们：你们分散在人群中，一会儿说叫人出来打人、铡人，你们就出来。三人依言而行。

金仙被押进庙后，坐在殿前台阶上，看见刘胡兰被叫进屋。阎军4排长李保山出来问她为八路军做过什么事。金仙说没有。李保山不相信地摇摇头。不大会儿，一个士兵将金仙押到刑场上。另外6个农民经过陆续审问也被押出庙门。金仙只觉眼前一片灰蒙蒙，双腿发软，"我会不会被杀？"想到这里，脑子都麻木了，只觉得天旋地转，眼前直冒金星。

刘胡兰被押到西厢房，门口立一士兵，大胡子张全宝对刘胡兰开始了审讯：

"你叫个胡兰子？"

"我就是刘胡兰。"

"你村村长是谁杀的？"

"不知道！"

"你给八路军做过些什么工作？"

"我甚都做过！"

"这一阵你和八路军怎么通信？"

"没有通过信。"

"你最近和哪些共产党见过面？"

"没和谁见过面。"

"现在有人供出你是共产党！"听着刘胡兰的回答，大胡子越来越生气。

"说我是共产党,我就是共产党!"

"你们村里还有谁是共产党?"

"就我一个。"

"'自白'就是自救,你'自白'了,我给你份好土地。"大胡子压压火气,强堆起一脸奸笑,利诱和哄骗道。

"一个崇高的共产党员,岂能容敌人用金钱来污辱!"刘胡兰大声说,"哼!你给我个金人,我也不自白!"

"你小小年纪好嘴硬啊!你就不怕死?"大胡子发怒了,敲桌子喊道。

"怕死不当共产党!"

"你不怕可惜了你十几岁的年纪?"

"要杀就杀,要砍就砍,再过十几年还是这个样!"

在这个年轻的女共产党员面前,大胡子张全宝一时不知所措。敌人有敌人的打算,他原以为刚才派几个复仇队队员先去恫吓,审问起来可能少费手脚,胆小的人就可以乖乖自首。大胡子还有另外一个卑鄙想法,他想把刘胡兰弄回大象镇据点去,侮辱她,折磨她,再慢慢审问。他刘胡兰如此刚烈,这是大胡子万万没想到的,但他还是心存侥幸,又用诡计,强迫刘胡兰答应今后不给八路军办事,话刚出口,刘胡兰马上就顶了回去:

"那可保不住!"

"你今天跟我们回大象镇,可以不杀你。"

"不去!"

刘胡兰的回答斩钉截铁!让大胡子非常失望,诱降根本不可能。他气极了,嘣嘣敲几下桌子,歇斯底里地喊:"来人，给我绑出去，铡了！"

听到命令，几个匪军一拥而上，把刘胡兰绑了起来。

刘胡兰眼里闪着愤怒的光，嘲笑而又鄙视地对敌人说："绑松一点儿，跑不了！"

当押到大门口时，大胡子又大声喊住了她。刘胡兰站住，斜过头来望了敌人一眼，冷冷地说："还是那事？那就不用谈了。"

刘胡兰带着不屑神情，大踏步走向刑场。

铡刀行刑

刘胡兰被带到大庙前，石三槐等6人已被绑在那里，只有金仙被松了绑。

三口锋利的铡刀和数十根杨柳木棒摆在他们面前，周围站满岗哨，空气中笼罩着恐怖和愤怒。

令人触目惊心的是，日常里见惯了的铡草用的铡刀，此时竟然成为名副其实的凶器。

三口铡刀，底座木基皆已发腐，布满蛀眼，木头上一道凹槽极深，以保护和隐藏刀锋。两块铁板窄长，镶嵌于凹槽两侧，被左右八颗铆钉分别固定于木头上。刀尾处横一短铁轴，铁轴食指粗，将刀身、凹槽铁板、底座牢牢固定在一起，使铁器与铁器得以连接，使木器与铁器得以合作。刀身呈褐色，握刀柄，抬刀锋，冷冷寒光就会如鬼魅般游走。刀柄上，食拇二指落指处，被磨得明晃晃，指纹套指纹，犹一处处罪证。整个铡刀看起来笨重，工艺拙劣。口开时，不论刀身与底座成几十度角，都会使这口铡刀因了标杆原理，与操纵者身体力量、杀戮意念绞合在一起，蓄满敌意，充满杀机，比野兽凶猛，暗含统治与征服，锋刃看起来更加锐利；口合时，铡刀沉默，使它看起来更有力量，像场密谋。

铡刀源起何时，无从考证，反正是农耕时代有心农人对刀进行异化，用于铡秸秆、切草，以饲牛羊家畜。据说自先秦到宋以前，铡刀未曾被用作刑具，倒是斧钺罪恶多端，用来"腰斩"罪人。《史记·周本纪》记载，"遂入，至纣死所。武王自射之，三发而后下车，以轻剑击之，以黄钺斩纣头，县大白之旗。"直至宋代，青天大老爷包拯以"降龙""伏虎""斩犬"三口铡刀，开启"青天三铡刀"，从此铡刀进入刑具行列。

刘胡兰奶奶在世时，和一干老太太喜欢念叨晋剧梆子"四大铡"，即《铡赵王》《铡美案》《铡郭嵩》《铡郭槐》，不但能详述剧情，哼唱几句经典台词，而且边唱边叹之余，还津津乐道包青天的廉洁公正，一铡定青天，那叫一个痛快！

可今天，铡刀却用它来铡革命者！

原架在村西北的机枪，现调到刑场东南面的头道堰边。

伪村长孟永安担任大会主席，并主持大会。

台上，大胡子张全宝开始讲话，他对共产党和八路军进行了一番大肆诬蔑，接着又恫吓群众：凡是和共产党有关系的人，凡是对阎长官不忠心的人，都要坚决铲除。

在他讲话的同时，三口铡刀由复仇队队员从张学敏、石文焕家抬来。

大胡子张全宝宣布刘胡兰等7人所谓"罪状"：

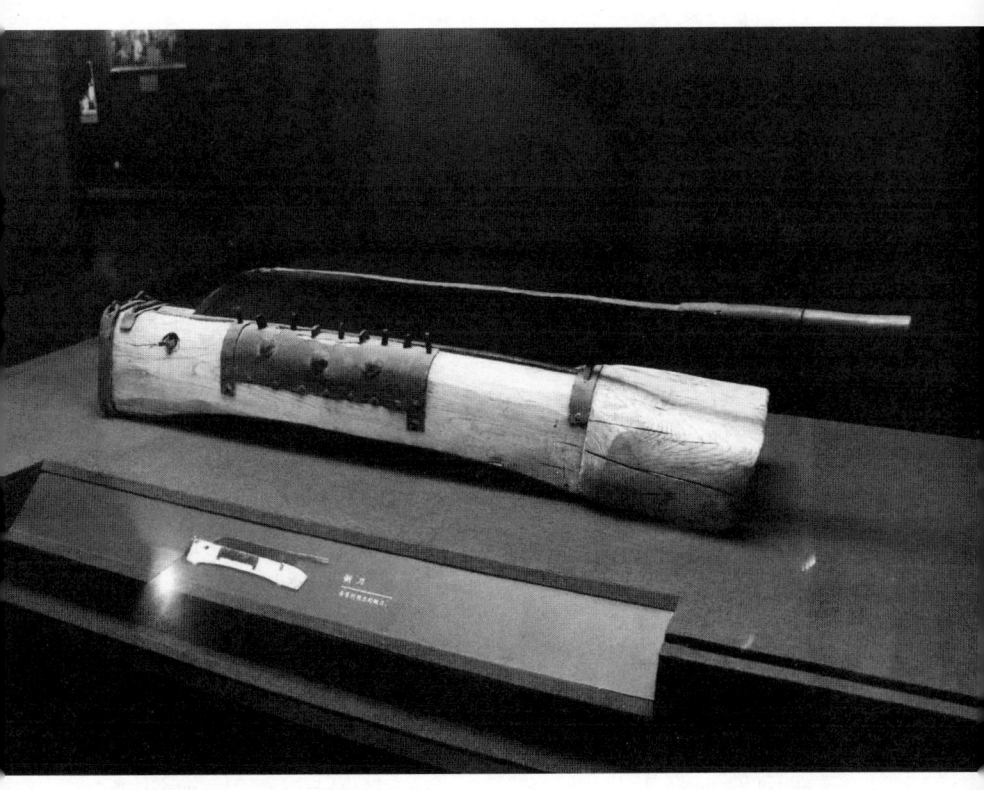

★ 刘胡兰纪念馆陈列的铡刀。

刘胡兰，系山西省文水县云周西村人，在村内是共产党员，妇女干部，谋杀村长，一贯阻碍工作；

石三槐，是"共匪"区长陈德照的舅舅，给八路军多次送情报；

石六儿，是民兵……

张年成，当过"共军"12团战士……

石世辉、陈树荣、刘树山，系"共匪"家属……

大胡子问群众："这7人，是好人还是坏人？"

"好人！好人！"群众的呼声，如汾河涛声、吕梁山回音，雄壮有力。

敌人慌了，立刻把机枪瞄向人群，叫着，骂着，强迫着群众不准再讲一句话。

凶残的敌人开始施刑了。

石三槐第一个被拉出来，石五则小声对张生儿说，要打得手重些。石三槐反转身，对群众说："我还要发表两句话，今天我石三槐死了，可我知道是谁害死我的，我死得屈……"话没说完，就被石五则一棍打在耳后，石三槐倒地。张生儿、二痨气、白占林等把石三槐拖到铡刀下……

"咔嚓"一声，铡刀卷刃，石三槐的头没被全部铡下来，鲜血染红了地面……

"换上铡刀再铡！"许德胜高喊。

凶手们抱着血淋淋的石三槐，放到另一口铡刀下。

★ 位于刘胡兰纪念馆的七烈士雕像。

烈士石三槐的头终被残忍的刽子手铡了下来。

第二个被拉出来的是石六儿，他来到刑场中央。又是石五则当头一棒，石六儿被打闷。张生儿、二痨气、武金川等上去一阵乱棍，石六儿停止呼吸。英勇的石六儿连哼都没哼一声。最后石五则、申灶胜等把石六儿拖到铡刀上铡下了头。

木棍声、铡刀声继续响起。

石世辉、张年成、刘树山、陈树荣，一个个倒下，一个个被铡下头颅。

他们是与刘胡兰一道牺牲的战友、革命同志，皆为革命的胜利献出了自己的宝贵生命。为了纪念他们，后人为烈士塑了雕像，成为刘胡兰纪念馆中经典陈列之一。

他们的身躯虽然倒下去了，但精神却活在人民心中。

刑场就义

多年后的一天，1947年1月12日，老天麻阴着脸，蕴着一场风搅雪，太阳都不忍目睹他们像捆秸秆被铡的那一刻。

九月初九才过完15岁生日的刘胡兰尚未长大成人，说到底还是个小姑娘。

浸满鲜血的铡刀旁，只剩下刘胡兰一个人了，此时的她，亲眼看着同伴们一个个倒下，早已怒火满腔，可又能怎么样呢！

大胡子指着现场，趁机威胁她："你怕不怕？自白不自白?"

"我死也不屈服,决不投降!决不当亡国奴!"刘胡兰愤怒地瞪着大胡子,大声喝道,"我咋个死法?"

大胡子彻底绝望,恶狠狠地说:"一个样!"

人群开始骚动,大胡子命令将机枪瞄准人群,他要把这个"小延安"村的人全部扫光!中国那么大,不差这个村!

"住手!我一个人死,不准伤害全村群众!"刘胡兰昂首挺胸,深情地望向四周,她的乡亲们,养育她的云周西村,她向往的西山,还有爹娘,眼神里闪过一丝不舍,却又满是毅然决然。

早已泪流满面的乡亲们不忍再抬头……

前一刻,刘胡兰被一群真正的刽子手逼至铡刀边。铡刀还是那口铡刀,已铡六人,冤魂像鲜血,滴滴答答,滴血成河。

轮到刘胡兰了。

她眼前闪现的是女英雄李林,年轻县长顾永田,中枪倒地、满身鲜血的两个小交通员,身怀有孕、踏雪跑几十里报信却惨死在敌人刺刀下的李重英,连她肚子里的孩子都被敌人活活挑在刺刀上,甚至被日本狼狗咬得遍体鳞伤而一声不吭的硬骨头金仙妈,被施以重刑却一声不吭的石居山……铮铮风骨的范思聪们,……还有刘芳给她讲过的血洒疆场、智勇双全、抗日游击队队长周文彬,负伤被捕仍高呼"毛主席万岁!""共产党万岁!""再过23年,我还是一条汉子!"的县大队指导员李贯三,受尽敌人严刑拷打但宁死不屈、大骂日军,还大义凛然地说"共产党是杀不完的,死了我一个赵云龙，还有千万个赵云龙！"的决死2纵队4团粮秣员赵云龙……

在刘胡兰眼里，他们都是英雄，都有出息、有刚骨，她无数次想过，要像他们一样，做个有刚骨的人。这个念头早就扎在她的心间。

无独有偶的还有苏联女英雄卓娅。跟刘胡兰一样，她怀着对祖国和人民的热爱投入战斗，在一次执行任务中不幸被俘。敌人问她游击队在哪里，有多少……但问来问去，所得皆是"我不知道""我不告诉你""我不说"。敌人本以为这个女孩子容易对付，谁知道却格外坚强，分外蔑视敌人。敌人被激怒，用鞭子轮流抽打她。卓娅信仰坚定，在敌人面前决不示弱，面对敌人的暴行不吭一声。敌人的鞭子在空中挥舞，雨点般似的落在卓娅身上、头上、脸上、手上，鲜血直流，但她始终没叫一声痛，没喊一声疼，昂着头，怒视着敌人。

对人间至美的东西，如实在无法使其折服，只能毁灭它。敌人对卓娅毫无办法，决定将她绞死。当敌人把她带到绞刑架前，将绞索套到她脖子上的时候，她高声呼喊："你们现在绞死我，可我不是一个人。我们是两万万人，他们会替我报仇的！胜利是属于我们的！"

为追求和平、自由和爱，怎能不付出代价！刘胡兰像卓娅一样，知道该爱什么，该恨什么，该怎么去面对生死。

自懂事起她就选择了革命，每一天她都选择自己最喜欢的生活方式——革命；15年前，她无法选择生，今天她无法选择死，但可以选择死法。这是人世间赋予人最后的尊严

★ 刑场斗敌后,刘胡兰英勇就义。

和高贵。

刽子手再次上来扯她,她没有甩他们,而是回过头来,用轻蔑的眼神嘲讽地看着他们,他们便不自觉地后退着,后退着。

寒风吹起了她浓密而黝黑的头发,她轻轻地拢了拢,这时的刘胡兰,神色柔和,容颜泰然,没了先前那种横眉对抗与激昂僵硬,更无丝毫惧怕。6位纯朴善良的农民,最大的71岁,最小的28岁,他们都是看着刘胡兰长大的乡邻,他们一个个宁死不屈,对她是极大的鼓舞。

这一令人动容的瞬刻,被无数后人、纪念、吟咏,挥毫泼墨,正如纪念馆陈列的一幅画作《刑场斗敌后,刘胡兰英勇就义》一样,将中国人民不惧暴虐、中国共产党员的坚贞气节、中国青少年的热血斗志,永远定格在了天地大美间。

踏着曾是六位战友,现已是六位烈士的鲜血,刘胡兰一步一步,步步从容,走向铡刀,慢慢俯下身,躺了下来。所有人都惊呆了,简直呆若木鸡。她小小年纪以这种方式,显示了一个共产党人应有的气节,维护了人最后应有的尊严。她就那样静静地躺在铡刀下,望着天空,望着浩瀚苍渺而又深远广大的天空,有风轻轻掠过,似乎有云在天空流动。云是天上的海啊,她是海里的一朵浪花啊!

这一刻,时光凝滞,万物无声,天地之间充满大美大爱和大仁大义。

这时的刘胡兰一定获得了真正的幸福,自由和爱。她的灵魂轻盈自在。

乡亲们不忍看下去,纷纷四散跑开,敌人从四面堵住,挥舞着棍子威胁,强迫他们接受这骇人听闻、惨不忍睹的"弑心式教育"……

几个充当刽子手的复仇队队员,闻长官猛喝,如梦初醒,七手八脚,上前行刑。

刘胡兰脖硬头歪。

他们扭不正,无奈抱过一捆干秸秆,围夹在她脖颈周围,想方设法使她成为一捆高粱秸秆。

铡刘胡兰这种人,谁都怕。

那一刻,刘胡兰定定地直望天空,天空依然是那片天空,云朵已不是先前那块云朵。

古人齐生死,生死在一直以来的革命战斗中早已被悟透。

生死之间既是革命的全部也是人的全部。

死,何尝不是最后一场痛快淋漓、彻头彻尾的革命!

刘胡兰决绝地维护了一个革命者选择死法的尊严!

从举起右手宣誓入党的那一刻起,从选择留下来的那一刻起,从听了无数先烈革命故事的那一刻起,刘胡兰已经成了一个坚定的革命者,成了一个终其一生为劳苦大众寻求幸福的革命者!她今天这样做是心甘情愿的,是愉悦的,是幸福的。

刘胡兰的坚定反衬出行刑者的懦弱。几个刽子手你推我阻,谁也不敢也不愿第一个抬起铡刀刀柄。他们两腿打战,浑身战栗,魂魄先自出窍。最后终于跳出个胆大者。他手抬刀柄,支起刀锋,其他两人将秸秆捆子一样的刘胡兰往前送了送。刘胡兰怒目而视。他们不敢看她的眼,不敢看她的脸,更不敢直视她美丽的容颜。他们脸色更加苍白,两手愈加发抖,配合得更不默契,长官的命令像铡刀一样令他们恐惧。

于是,刀柄连同那个人的重量一起压了下来……

瞬间,刘胡兰身首异处,鲜血喷涌而出。刘胡兰躺在血泊中,铡刀也哑然于血泊中,那些断裂的秸秆也瑟瑟于血泊中。

时空仿佛凝固了。有人捂住了脸,大部分人闭上了眼,有的转过脸,有的一头扑在亲人怀里,有的晕了过去,刘景谦这位忠厚老实的农民大叫一声,双手捂脸,蹲在地上,放声大恸;小小的爱兰子被母亲一把揽在怀里,从此这一幕,她终生挥之不去……

连大胡子张全宝也紧紧闭上眼睛,他抽抽鼻子,一股又一股的血腥味铺天盖地般袭来。

地上的血,鲜红、蜿蜒、突围、流动并不畅快,土坑泥洼减缓了它的流速。几个阎匪身上、裤腿上、翻毛皮鞋上,甚至脸上都血迹斑斑,像极了无数罪状。

瞬间,人群愤怒。这一次排山倒海,像发怒的汾河水、奔涌的吕梁山,雄狮一般向大胡子涌去,是鲜血激怒了他们,是英雄的行为惊醒了他们……

不知何时,卷起风搅雪,天地间一片苍茫……

第三章 行的久远

复仇烈火燃四方

"天地灵淑之"。文水这片热土，懂得感恩，知晓疼痛。云周西惨案发生后，人皆掩泪，日月伤怀，天地同悲。

1947年1月29日，刘胡兰牺牲后的第17天，八路军主力以排山倒海之势开过来。早在七八日前，三区、八区区委书记、区长，以及二区区长陈德照共同带领参战队100余人，从南面过来，经北辛店到了云周西村，包围大象镇，与在保贤抢粮的阎军激战几个小时。因兵力悬殊，当夜撤到北辛店宿营。大象镇敌人遭到重创，在接到团部"撤退回城"命令后，当夜匆忙退到西庄据点，重东西扔得到处都是。当八路军开过来后，1月30日，参战队引着八路军赶到西庄据点，敌人窜回城内。

就在这天上午，八路军独立二旅部分部队来到大象镇，负责宣传的黄绍奎将刘胡兰等七烈士英勇就义事迹向旅首长做了汇报。黄绍奎与70余名战士被派作代表，来云周西村追悼七烈士。

没几天，这些战士被批准组成为刘胡兰报仇、解放文水的突击队。

代表们首先慰问烈士家属，然后来到烈士就义处。

这天，天气格外冷。白狼毛一样的雪被风吹得如浪掀波涌。

烈士的鲜血已与泥土凝固在一起，沾满血迹的秸秆干草还在。战士们默默摘下帽子，许多战士沉痛地跪了下来，每人拿起渗透烈士鲜血的血土，放在胸前，装进自己口袋。石世芳主持此次祭奠大会，他卸下自家大门门板作祭台，摆放一些必要祭品。

在祭奠大会上，乡亲们要求战士们为烈士报仇。

黄绍奎代表战士们激动地回答：我们都包了一块血土，它将督促我们更坚决、更快地消灭敌人，为烈士报仇！乡亲们，我们要以立即消灭眼前敌人的实际行动，来为烈士报仇，来回答乡亲们对我们的希望！

善恶碰撞、人心激荡，催生了许多艺术家的创作灵感。曾多次为胡兰纪念馆改陈、雕塑做出很大贡献的文水籍著名画家蔚学高，以此为题材，创作油画《踏着烈士的血迹前进》，上世纪七十年代曾参加全国美术家优秀作品联展，与之前创作的《抗日战火炼红心》，一起成为刘胡兰题材双黄蛋名画，受邀出展世界多国。此为后话。

当天晚上，各连队召开战斗动员会。一位战士高举染着烈士鲜血的土块宣誓："这是刘胡兰同志的血，我们坚决要

★ 为刘胡兰改陈做出贡献的著名书画家蔚学高。

★ 蔚学高油画《踏着烈士的血迹前进》(400cm×280cm,与孙里人合作),1977年入选纪念建军50周年展览。

为烈士报仇，我们要求上级批准我们这个连为突击队连，把最艰巨的任务交给我们！"这个要求立刻成为全连队请求战斗任务的决心书。

2月2日下午2时，解放文水城的战斗打响。

部队接近敌人城堡，离城墙300米处是一片空旷地带。3个突击队员勇敢接受爆破任务，两个战士倒下去，他们把炸药包交给另一个战士，说："别管我，我没有完成党交给的任务，你们快上去。"

第二爆破组跟着上去。

敌人的城堡被炸开，烟雾弥漫。突击队员冲上去，架好云梯，一个倒下，另一个爬上去，前赴后继，冲进城内。激战两天两夜，敌人全降。

战斗中，有的突击队战士牺牲了，鲜血染红了他们胸前装有刘胡兰等七烈士鲜血的土块，血土块又染上新鲜血，这既是战士们为刘胡兰等报仇的誓言，又是为千百万受苦受难的群众，为中国人民解放事业做出牺牲的见证。

鲜红的血凝结在一起了。

1947年2月5日，《晋绥日报》报道：

阎匪72师政治副主任兼县长唐剑秋、时任215团代副团长张育修以下1500余人为我生俘。据统计：缴获步重炮3门，轻炮10门，轻重两用机枪8挺，轻机枪数10支，步枪近千支，电台1部，粮食数千石。

战斗中，密谋杀害刘胡兰七烈士的主犯之一——大象镇复仇队队长吕德芳化装成商人模样，跑到宜儿村，妄想逃脱人民法网，经查明，被我军击毙。

其兄文水三青团书记，国民党、日军、阎军"三料特务"吕善卿也在城内被我军捉住。由吕梁军区派人押到三道川训练班，尽管他改名换姓，但终究被识破，同年7月绑赴中庄村被枪毙。

云周西村伪村长孟永安1947年7月被捕，后死于监狱。

据胡兰精神弘扬者吕庆和于2006年采访时年81岁的王瑞回忆：等敌人走了后，云周西村长白玉河跑到东堡报告隐蔽在此的他们，说刘胡兰等七烈士被铡刀扣了。当晚王瑞等摸黑来到云周西，逮住出卖并杀害刘胡兰的武金川，绑到大庙前。这个曾是民兵后来却叛变的软骨头，用可怜的神色乞求王瑞给口烟抽。王瑞等宣布武金川死刑，给予枪毙，打响了为刘胡兰报仇的第一枪。

也有人说：大象镇复仇队分队长武金川2月5日被我方扣捕，当天下午押送云周西，在烈士就义处，这个罪大恶极的刽子手被复仇群众用砖头、石块捣死。

二痨气这个阎匪的忠实走狗，因和乡公所某指导员争风吃醋，于1947年12月被敌打死。

杀害刘胡兰等七烈士的一批凶手被镇压，3月上旬，我军根据毛主席"以歼灭敌人有生力量为主要目标"的战略方针，暂时撤出文水城。

其实，对文水人民来说，1947年是惨烈悲壮的一年。

云周西惨案发生后的第二天，也就是1月13日，距城10里的"维持村"乐村发生更大惨案，还是阎军72师215

团,将乐村封锁疯狂抓人,村民武鉴、岳学志、武忠元等17人被当众用铁锹劈死,其状惨不忍睹。

2月21日,23岁的区文教助理员王正在里村(后划归祁县)被捕。为威慑群众,被绑架游街后,斩首示众,挖出心肝,诬损羞辱。其60岁的老父不堪凌辱,闻讯自杀。其妻正怀胎十月,迄待临产。

2月23日,年仅19岁,我四区西城村保家队员刘守昌(刘守仁弟),在敌人喊话逼他投降时,他回答:"我宁死不投降。"在突围中不幸被捕,敌人用刺刀捅开他的肚子,摘出他的心肝,并将尸体抬到西城村示众……

发生于各村的惨案太多了。

从3月到年底,阎军实行"自白转生""三自传训"等恐怖政策,对晋中平川人民实行更残酷的屠杀,远远超过民间传说的阎王殿里十八层地狱的惨景。不到9个月时间,晋中区县八九万人遭受此害,其中被乱棍打死和杀害者3000余人,仅文水就有200余人。刘胡兰大伯刘广谦、云周西共产党员郝一丑、白玉河等皆死于此。其中像刘胡兰一样的8位女英烈,巾帼不让须眉,用鲜血和生命,为中国共产党领导的民族解放和人民革命战争,写就了彪炳史册的英雄篇章。直到次年7月23日文水再次解放,刘胡兰所经历的那个黑暗时代才真正一去不复返。

还有为刘胡兰等七烈士报仇的直接力量。据刘爱兰口述、其女司承志执笔的《我的胞姐刘胡兰》中写道:刘胡兰英勇就义63年后,一段尘封历史被揭开。战地记者赵戈采访到了广东乐昌监狱离休干部李铭。据李铭说,刘胡兰被反动军队杀害前，他所在的部队交城八分区独一师曾派出1营3连共300名战士进行营救。当营救战士们到达现场时，敌人已逃之夭夭，刘胡兰已牺牲。李铭说他看见烈士的头和身子各在一边，铡刀还摆放在那里，带血的高粱秸秆还在，血迹已凝固。许多新战士都不敢多看。考虑到敌人已经走远，部队回撤。

为刘胡兰等七烈士报仇的火焰燃遍四面八方。

1月12日云周西惨案发生后，《晋绥日报》首发其声。

新华社吕梁4日刊《文水阎匪军于1月12日屠杀我云周西村居民》。

6日刊《十七岁①的女共产党员刘胡兰慷慨赴义》，署名宏森。同时配发评论《向刘胡兰同志致敬》。

这四则报道和评论，像重型炮弹，既惊醒了世人，又为刘胡兰英勇就义的英雄形象，走向全国起到了非常重要的作用。

魏风与首部话剧《刘胡兰》

刘胡兰烈士事迹感人，精神伟大，作为时代先锋的文学作品自然会先声夺人，那么《刘胡兰》首部话剧是由谁怎样创作出的？

据原"战斗剧社"成员魏风回忆，1947年2月，曾在战斗剧社工作的魏风随晋绥独立二旅驻扎在文水县开栅镇。

---

① 此外为虚岁。

由《晋绥日报》上得知刘胡兰壮烈牺牲的消息后，他就想实地调研，创作作品进行大力宣传。

不几日部队突击行动到大象镇。当得知离云周西村只有5里地左右时，魏风带了县长的介绍信主动要求前往。

踏上英雄热土，剧作家心潮澎湃。

经人引领，魏风先来到刘家，见到烈士父母，两位热情诚恳的农民，未语泪先涌。胡妈妈忍着悲痛仔细给他讲述刘胡兰英勇就义的经过，拿出手绢和万金油盒等遗物给他看。征得烈士父母同意，魏风带走了这两样。可惜遗失于战争中。后为纪念馆陈列，胡文秀又做了一方手绢，因为式样材料她都知道。

魏风叫人带他去看刑场。那是英雄祭血地，更是千古伤心处。自打刘胡兰等七烈士牺牲后，群众再不忍心停留此处。依然是20多天前的景象：古庙阴森，脚印杂沓，血肉模糊的铡刀，沾满血迹、横七竖八躺着的柴草，烈士热血染红的雪花融化于大地，结成了一摊又一摊殷红冰凌。

烈士在什么地方被捕，敌人在哪儿架着机枪，在什么地方屠杀人民，英雄们又怎样英勇斗争、从容献身……魏风听着，默默摘下帽，向烈士致哀……创作的冲动与灵感像怒涛一样，一次次翻涌……

魏风回到大象镇，将实地调研一五一十汇报给旅部，首长们派各个连队代表近百名战士奔向云周西，他们要开现场追悼会缅怀烈士……

带着创作任务与激情的魏风，在转战途中，三天三夜完成话剧初稿《刘胡兰》。剧本在贺龙元帅的指导下，很快定

★ 在周恩来总理等领导过问下，全国文艺界以歌剧、话剧等多种形式深切缅怀刘胡兰烈士。

稿并演出。刘胡兰烈士的感人事迹引起了空前轰动。

为更好地塑造刘胡兰这一英雄艺术形象，魏风与刘莲池等将其改编为歌剧，在河津上演，反响空前。

从此以后，关于刘胡兰英雄的文学作品，剧本、小说、影视、雕塑、剪纸、连环画等层出不穷。

在接下来的太原解放、抗美援朝战争、自卫反击战等无数战役中，《刘胡兰》被广泛传唱，其精神被广泛颂扬；胡文秀多次被请到前线宣讲刘胡兰事迹，弘扬刘胡兰"一不怕苦二不怕死"的革命精神，起到了激励士气、鼓舞斗志、激发人心的莫大作用。

就拿抗美援朝来说，不说别的县域，光文水就有319名青年赴朝作战。他们英勇奋战、保家卫国，立下不朽功绩。其中117名战士血洒异邦。他们是无愧于胡兰家乡的优秀儿男，是光荣的中国人民志愿军！

历史和人民会记住他们，在弘扬并践行胡兰精神过程中，刘胡兰英雄形象更加丰富，也为中华民族精神增添了新的内容与光辉。

主席两次题词与刘胡兰的五次安葬

云周西惨案发生后，时隔两月，毛泽东主席亲笔为刘胡兰题词"生的伟大　死的光荣"，赞扬她短暂而光辉的一生。

请主席题词，起初由晋中区党委副书记解学恭于1947年2月中旬，即刘胡兰就义后一个月后，向延安各界慰问团提出。

马列主义著作翻译家、马克思主义理论家张仲实在回忆录中说：

延安各界慰问团成立于1947年1月中旬，其任务是往山西孝义、汾阳、文水、交城一带慰劳跟山西军阀阎锡山军队作战而获得重大胜利的中国人民解放军王震纵队和陈赓、谢富治纵队。慰问团由延安各界和各单位派代表组成，共19人，以来自陕甘宁边区工会的崔田夫为团长，来自党中央直属机关的张仲实和陕甘宁边区政府财政厅副厅长黄静波为副团长，携带慰劳品：羊肉7653斤、慰问信200多封，于1947年1月13日从延安出发，17日到宋家川过黄河，进入山西省，20日从吴城开始活动，到3月7日结束，历时47天，遍到离石、孝义、汾阳、文水、交城等我军王、陈两个纵队司令部所辖9个旅、团、营部以及驻各地的连队、伤兵、医院，进行慰问。

2月4日至18日在文水活动期间，从《晋绥日报》上看到刘胡兰就义的消息深为感动，并对这个英雄形象极为重视，当即向解学恭同志了解她生前和被捕后详情，并派人到被动员来参加拆除文水县城墙的云周西村农民作了调查，确是事实。慰问团为表彰这位人民英雄，积极支持区党委采取纪念措施，表示返回延安后将英雄事迹向党中央反映，请主席题词，还建议将刘胡兰作为党内气节教育的榜样。

为向英雄表示敬意，全团携带慰劳品：晋绥钞票千万元、白洋布两匹及其他若干用品，前往云周西。驻麻家寨的独五旅旅长贺炳炎同志考虑云周西刚解放不久，未让慰问团前往，特派部队一排人送去慰问品并代慰，送挽联一副，表示沉痛哀悼。

慰问团解散后，张仲实向任弼时汇报了此次活动经过、刘胡兰就义情形及解学恭请主席题词的请求。任弼时答应转报毛主席。

3月25日，毛主席被刘胡兰的英雄事迹感动，心情异常沉痛。据毛主席贴身卫士长李银桥后来回忆：当时，主席轻声念着"刘胡兰！刘胡兰！"两眼湿润，长叹口气，然后挥笔疾书，题写了"生的伟大　死的光荣"八个遒劲有力且醒目深邃的大字，并向秘书交代"刘胡兰的事迹要由新华社播发，号召全国各解放区组织学习她"。

可惜，这幅题词原稿被送达文水县后，因战争关系，不慎遗失。

1947年8月1日，中国共产党中央晋绥分局发出《关于追认刘胡兰同志为中国共产党正式党员的决定》。

这一决定由郭沫若亲笔书写于刘胡兰纪念碑背面，与正面主席题词"生的死大　死的光荣"八个大字，交相辉映，共同见证了刘胡兰烈士精神的伟大。

1956年12月，共青团山西省委作出纪念刘胡兰就义10周年的决定，同时恳请毛主席为刘胡兰烈士重新题词。1957年1月9日，毛主席二话没说，再次为刘胡兰亲笔题写苍劲而豪放的"生的伟大　死的光荣"八个大字，只是此次未落

生的伟大
死的光荣
毛泽东题

★ 毛泽东为给刘胡兰题词。

中国共产党中央晋绥分局关于追认刘胡兰同志为中国共产党正式党员的决定

(一九四七年八月一日)

刘胡兰同志,一九四六年六月,参加中国共产党,为后补党员。当年十四岁。入党后,对劳动人民的解放和共产主义事业无限忠诚,在敌人面前坚贞不屈,表现了共产党员的高贵品质,为党和人民的事业流尽了最后一滴血。特决定追认刘胡兰同志为中国共产党正式党员。

★ 中共晋绥分局《关于追认刘胡兰同志为中国共产党正式党员的决定》。

时间，表示重题。

为赶上刘胡兰烈士10周年纪念，不敢耽搁，当天由专列送回山西，交团省委负责人，于1月11日送回云周西村，为次日举行的祭奠活动增添浓重一笔。

毛主席为一个人两次题同样内容的词，绝无仅有，足显对刘胡兰这位女英雄的重视和褒扬。

为此，全国乃至世界人民都记住了1947年1月12日这一天，也永远记住了刘胡兰这位中国共产党员、少年女英雄。

而主席题词又与刘胡兰烈士的五次安葬移灵有莫大关系。

提到首次安葬，依然要回到烈士就义那天，直到下午五点，残暴的敌人才撤离，并带走了金仙、石五则、张生儿和二痨气等。

人们心怀恐惧和悲愤，双腿如灌铅，踏着沉重的脚步回家，紧紧关上大门，有的甚至连夜逃离。

山怒吼，风呜咽，雪纷涌。

当晚，乘夜色掩护，石世芳等下得山来，连夜埋葬四弟石世辉于村东祖坟。其他烈士也陆续被亲人收尸安葬。

次日，由胡兰爷爷和大伯做主，二人与石世芳等含泪将刘胡兰与石六儿合葬，葬于村东韩家圩。

主席首次题词3月面世，前往祭奠者络绎不绝。鉴于此，不论民众还是家属，甚觉刘胡兰烈士跟石六儿冥葬不妥，遂决定将刘胡兰烈士独葬。

生死之间，刘胡兰留给世人的更多是音容笑貌，斗争

★ 刘胡兰的入党介绍人之一石世芳的二儿子石虎仁,现年83岁,为本书提供了不少线索。

风骨。

培养刘胡兰并做了她入党介绍人之一、石世芳的二儿子、现年83岁的石虎仁，经司承志引见，为我们此次采访提供了不少线索，他说：家人不忍，决定将烈士身首缀缝在一起，遂打开棺材，由妹妹爱兰忍痛抱着身首，让姐姐躺在自己怀里，爷爷手拿大针和麻线，将刘胡兰烈士的身首缝在一处，其后再次葬于韩家圪。刘胡兰再次安眠于河汊纵横、灌木流影、村庄掩映的千里沃野。为方便祭奠，墓前设简单祭台。

到1952年秋，中央人民政府北方老根据地访问团晋绥分团来到烈士家乡。9月10日，与云周西村人民共同将刘胡兰烈士由村外迁葬就义处附近，并立碑纪念。

1957年1月12日，刘胡兰烈士就义10周年，全国人民和青年在纪念日前后举行各种活动，广泛纪念刘胡兰这位伟大而不朽的英雄。作为胡兰家乡的山西，为隆重纪念刘胡兰烈士，于1956年7月破土动工建设刘胡兰陵园，于1957年1月12日完成陈列布展，并对外开放。团省委也早早部署，随着主席二次亲笔题词被及时送来，1月12日这天举行了隆重的祭奠暨移灵安葬大会。

1959年，陵园改为纪念馆，刘胡兰烈士墓由陵园南部墓台移至纪念馆北部墓台中央，即现在墓地处，成为烈士的最后安息与长眠之地，供后人永久凭吊。

凶犯落网

1951年，歌剧《刘胡兰》在运城上演，人气爆满。每逢演到刘胡兰被铡那段,人们就说:"大胡子被打死了。"殊不知,底下偷偷坐着的一位男子,嘴角不由滑过一丝侥幸,戏完后,他脚步似乎有些轻松地溜回家。

这男子家住运城县运城镇卫家巷1号。原本蓬蓬大胡子,现已剃掉,腮上原本长毛的黑痣他也去掉了,摆个纸烟摊,做起了小买卖。

这男子是谁?他为何乔装改扮?为何要偷看《刘胡兰》歌剧?

5月8日,运城县公安人员包围了这个男子的住处。

"你就是张全宝?"

"我就是张全宝。有什么事?"

"你被捕了。"

"为什么逮捕我?"

"你是杀害刘胡兰的主犯之一。"

这位叫张全宝男子的脸瞬间变得像死尸一样惨白。面对铁证,他供认不讳。

杀害刘胡兰的另一名主犯侯雨寅也被擒获并交代罪行。

5月19日,万泉县县长王沁声上书毛主席,报告逮捕审讯张犯的喜讯,并将此消息写信告诉胡文秀。

6月22日,山西省人民法院榆次分院颁发《山审刑字1204号指令》:批准判处匪徒杀人犯侯雨寅、张全宝两犯死刑……立即绑赴云周西村执行枪决。

6月24日,公审张、侯两犯的大会在云周西村举行。

"枪毙张全宝、侯雨寅!为刘胡兰报仇!"口号响彻全场。

英雄母亲胡文秀上台控诉其罪行……

其他同难者烈士家属上台控诉其罪行……

在烈士殉难处，两犯被就地正法。

阎军215团团长关其华和1营营长冯效翼被击毙于1948年6月21日介休的"张兰战役"……

刘树旺于1951年3月在信贤被镇压。

地主石廷璞1951年被判刑，因病保外，病死家中。

1959年，石五则、张生儿两犯叛逃13年，被捕获审讯……

制造和参与刘胡兰惨案的一批批主犯、从犯，终难逃出人民群众的天罗地网……

处决石五则与追认"六烈士"

在云周西村的发展历史上，在刘胡兰陵园改建、扩建纪念馆，宣传胡兰精神的进程中，郑林绝对是一位绕不过去、非常重要的领导。

早在1959年，郑林视察云周西村，在此蹲点后，对村里的发展极为关心。当了解到村里各项工作比较落后、生产发展比较缓慢、群众生活水平较低时，郑林一边部署筹备刘胡兰纪念馆工作，一边成立了云周西工作组。作为筹委会下属的五组之一，责成县委副书记关锋带人驻村帮助，改造其落后面貌。

1959年9月，由郑林亲自点名，将云周西村首批党员之一陈德照，从榆次经纬纺织机械厂调回，任县委委员、公社党委副书记兼云周西大队党支部书记，以加强党支部工作。

1960年，郑林又从团省委抽调武艺耀、张敏，带领10位同志组成工作组，深入云周西村，帮助英雄故乡改造落后面貌。之后又深入调查研究，帮助干部群众出主意、想办法，正确处理生产与分配、大集体与小自由之间的关系，鼓励大家共同度过非常时期。

还有一件更为重要的事，令郑林在云周西村发展历史与刘胡兰惨案结案过程史上，写下了浓墨重彩的一笔。

1959年，在云周西考察的郑林了解到受害者家属举报的出卖刘胡兰的叛徒石五则一事被汾阳县[①]政治委搁置并未及时处理，他立即指示晋中地委和县委召开政法三长会议，组成专案组，迅速查办。经过两个月侦察、查证，隐藏13年的原云周西村农会秘书石五则（大名石玉玺）终于9月9日落入法网。

为彻底查明云周西惨案的全部真相，1960年6月，郑林指示由公安厅牵头，组成以资深处长刘义才为组长，由省、专、县公安部门参加的联合专案组，侦讯密谋和杀害刘胡兰等七烈士的其他罪犯。经过半年时间，这个历时14年、涉及73人的大案，全部查清。

1963年6月14日，叛徒石五则被执行枪决。

至此，云周西村惨案的侦查、处理，才终于画了一个完满的句号。

---

① 1958年11月，汾阳、文水、交城三县合并为汾阳县，文水县改称文水镇，设汾阳县文水镇办事处。1959年9月，三县复置，文水县属晋中行政专员公署。

★ 郑林陪同谢觉哉一行参观胡兰陵园。

郭栋材在《情注英雄正气抒》中这样写道："经我亲自处理，报请郑林同志批示，同此案有关的一件事，至今记忆犹新：十几年来，由于石五则为保全自己，混淆视听，和刘胡兰同难的石三槐等6人一直未按烈士对待，遇难者家属对此很有意见，客观上造成受害者家属6户与1户之间的对立情绪。石五则被逮捕后，经审讯查证，真相大白，某些疑点全部廓清。谢觉哉同志参观刘胡兰纪念馆后曾题词'此是英雄乡，七烈同日亡'。据此，我于1960年9月20日，代文水县人民委员会起草一份〈关于追认石三槐等六同志为革命烈士的请求〉，报送郑林并民政厅。郑林接到报告后，当即批示，交由民政厅速办。当我回到云周西不几天，就接到省人民委员会的批复文件，发文时间是11月3日。"

郭栋材还表示，郑林对工作速决速办、雷厉风行的工作作风，令人钦佩。

至此，刘胡兰和六烈士永远活在世人心中。

10周年祭悼暨移灵大会

1957年1月12日这天，刘胡兰烈士陵园新建落成。在其对面的烈士就义亭旁，搭着庄严高大的灵棚，灵棚正面用白布挽扎着宫殿式门楼，门楼上垂着长串黑色绣球。

灵棚下停放着刘胡兰烈士灵柩，上覆中国共产党党旗，灵前挂着刘胡兰烈士的巨幅画像。毛主席的亲笔题词"生的伟大　死的光荣"摆放在灵前。

★ 曾任文水县县长的"人民县长"刘守仁。

祭悼仪式隆重庄严。

一万余人默哀3分钟。哀乐奏起，主祭人中共文水县县委书记常振华、陪祭人青年团山西省委书记仝云、烈士父母陆续来到灵前致哀。

各界代表献上花圈。

文水县县长刘守仁在灵前宣读祭文。祭文追念了烈士生前的革命功绩，诚恳绵长，催人泪下。随后主祭人、陪祭人及各界代表讲话，号召青年学习刘胡兰坚贞不屈、忠于祖国和人民、坚持信仰的高贵品质。

一声"起灵——"，满透着某种苍凉况味，苍凉中又传出一份坚定。12时，烈士灵柩在礼炮声中，安葬在新建的刘胡兰烈士陵园，从就义处移至陵园南部墓台处。

当天，首都1500余名青年聚集北京天桥剧场，举行纪念刘胡兰牺牲10周年活动。太原、武汉、沈阳、广州、济南、郑州、乌鲁木齐、昆明、唐山以及全国各地，青年们都在纪念日前后集会，表示对刘胡兰烈士的沉痛悼念。

15则消息、通讯相继在全国报纸刊登。《人民日报》《中国青年报》《工人日报》《大公报》《光明日报》《新闻日报》皆发表社论，刊登照片。《山西日报》《中国青年报》《新疆日报》《山西青年报》除刊登新华社消息，还刊登各类纪念文章及回忆录。

自刘胡兰烈士就义之后，每年1月12日，尤其整十周年，山西省委省政府、团省委、文水县委县政府，全国青年及各社会群体等的纪念活动尤为隆重，以此缅怀烈士，追寻精神。

★ 1957年，纪念刘胡兰英勇就义10周年暨移灵大会现场。

从烈士陵园到纪念馆

烈士陵园或纪念馆是收集、保存、修护、陈列、展示、研究、传承、追忆革命历史，传承英雄精神的重要载体和主要窗口。通过参观革命烈士陵园或纪念馆，观看革命英雄人物生平史料、实物，可增强参观者对中国革命历史与英雄的认同感，激发爱国主义精神，帮助青少年树立正确的世界观、人生观、价值观，继承和学习革命英烈不畏艰难、勇于献身的革命精神，前赴后继、不怕牺牲的进取精神，不求索取、一心为民的奉献精神。

从刘胡兰烈士陵园到纪念馆，情同此理。

早在1947年1月12日，刘胡兰从容就义后，当地人民与战斗在吕梁前线的官兵就自发开展各种纪念活动。2月初，文水解放，下旬，县委就作出决定：责成刘胡兰烈士姨兄韩明奎开始筹建陵园。选址、设计、购置墓碑石、青砖等，拟土地解冻即动工，后因阎军复占文水县城而被迫停止。

时隔10年，1956年春，烈士家乡修建刘胡兰烈士陵园的请示得到省委省政府批准。园址就选在村南观音庙西侧刘胡兰就义处遗址以南近100米的二道护村堰外，坐北朝南，东西宽70米，南北长120米，占地8400平方米。7月动工，11月完成土建，次年1月初，完成陈列布展，在刘胡兰烈士就义的第一个10周年纪念日对外开放，移灵安葬，举行了隆重的祭奠大会。

其中，时任山西省副省长郑林为刘胡兰烈士陵园的兴建花费了很多心血。曾任山西省委政法委副书记、山西省社会治安综合治理办公室主任的周文在其回忆文章《浩气永存人间——追忆郑林老首长》中写道："比如什么地方设刘胡兰就义处，塑像由谁来雕，雕成什么样子，陵园建成由哪个单位来管，如何管理好，他都多次召集会议商量，做了周密安排。"

2021年3月30日下午，经曾任山西省政协副秘书长张建豪的热心联络，奔走搭线，郑林爱女、山西广播电视台高级编辑郑钢花接受了笔者采访。郑钢花回忆：1963年，在她五岁时，父亲郑林就为她写下"怕死不当共产党，要杀要砍我一人当"的条幅。在父亲影响下，一生为革命奉献的母亲孙平多次带她兄妹到刘胡兰陵园瞻仰学习。郑钢花的讲述及提供的资料，为我们了解郑林与刘胡兰陵园到纪念馆的改扩建，打开了又一扇窗。

其实，由陵园改纪念馆，缘起于一次盛大的慰问活动。

1959年2月，山西省组成由副省长郑林为团长的福建前线慰问团。胡文秀随团赴闽慰问。期间，她数十次为前线官兵报告刘胡兰生平事迹，受到热烈欢迎。慰问团返回途中经杭州、上海等地，胡文秀再次应邀为当地党政机关做报告会，引起强烈反响。前后一个多月间，胡文秀参加报告会、座谈会40多场，所到之处媒体连续报道，影响空前，这一现象引起了郑林的高度重视。

返晋后，郑林专程到陵园考察，他指出陵园设施与陈展，其规模、布局、形式与内容等皆与主席给予的"生的伟

★ 为刘胡兰陵园改纪念馆和整理刘胡兰资料作出重要贡献的原山西省副省长郑林。

★ 1959年，山西省派出以郑林为团长的代表团在福建前线慰问。

大　死的光荣"八字评价很不相称。于是，由陵园改纪念馆，加大对刘胡兰烈士的宣传力度这一建议得到了省里主要领导的认同与支持。

7月1日做出决定，7月5日即开工，当年10月，部分工程完工并对外开放。1962年2月25日，全部完工，占地面积由原来的8400平方米扩大为32400平方米。

此次工程，该扩的扩，该改的改，该拆的拆，该新建的新建，该修缮的修缮，该加固的加固。刘胡兰雕像、长廊、毛主席题词碑、七烈士纪念厅及就义处标志等皆为新建。此次由陵园改建纪念馆，是历次改陈扩建中动作比较大的一次，起到了奠基性质。

郭栋材在回忆郑林的文章《情注英雄正气抒》中，这样写道：

整个建筑物布局和风格，都是根据郑林同志设想的框架设计出来的。他强调指出，整个建筑布局要庄严肃穆，要突出毛主席题字塔、烈士雕像和中央大厅三大件。纪念馆建在农村，其形式，要体现民族风格，这样才能和观音庙、"胡兰之家"及周围的民舍相协调。

为建造题字塔和烈士雕像，郑林事先派人到北京请著名雕塑家王朝闻为刘胡兰塑像。筹建开始后，又派专人到北京请来了承揽建造天安门前人民英雄纪念碑的中国雕塑工厂的老技工刻制题字塔和烈士雕像。

为建好中央大厅，也就是七烈士纪念厅，郑林同志早在云周西村视察时，根据当地干部提供的线索，亲自到距云周西村十几里以外的南贤村，察看了该村一座八角寺。据陪同郑林同志去南贤的一位同志事后说，郑省长一见八角寺，就说这个建筑很有气派，一边看一边用手摸着柱子说，把它搬到云周西去吧，让它也为宣传刘胡兰出点力好了。工程设计方案拍板时，郑林决定，搬迁南贤八角寺作为纪念馆的中央大厅，并再三叮嘱，要像搬迁永乐宫那样，檩、梁、椽、柱及柱础一一编号，保证不走样。

郑林指派李捷坐镇指挥协调，改建、扩建和陈列工作，经过三个月的紧锣密鼓，刘胡兰纪念馆终以崭新面貌，于1959年国庆节对外开放。

这项工程，刘胡兰中学（两幢教室和礼堂、饭厅）、刘胡兰公社医院和供销社，还有云周西至县城的16.86公里的公路，作为配套工程，均在国庆节前同时竣工。

也就是在这一年，刘胡兰故居，一所典型的晋西北四合院式低矮民居，被收归国有，成为纪念馆不可分割的一部分。"胡兰之家"后改为"刘胡兰故居"。这里既是刘胡兰出生地，也是她一次次参加革命活动，奔赴革命理想的精神归宿地。

里面的陈展也随着时代进步、陵园改纪念馆、纪念馆规模布局不断扩大以及参观者审美变化而一次次改换，一次次丰满厚实。其中，上世纪七十年代改陈，阵容空前强大，由山西省美协主席苏光任组长，以山西本省及本地美术家孙里

★ 刘胡兰纪念馆被定为全国爱国主义教育基地和国防教育基地等。

★ 刘胡兰纪念馆原副馆长、资料员温润生接受采访。

人、姚天沐、蔚学高等著名画家为主力，同时邀请中央美院油画班、国画班、版画班师生共55人，浙江美院油画班、版画班师生共44人，共同创作。此次改陈，产生出一大批精品，为刘胡兰烈士纪念馆成为全国纪念馆典范奠定了软实力基础。

50多年来，刘胡兰纪念馆接待国内外参观者1500多万人次，110多个国家、地区的友好人士4000余人次。国内外要人大都留有题词或墨宝。刘胡兰纪念馆恐怕是题词或墨宝数量最多、最丰富的纪念馆之一。在接待外国友人上，纪念馆原副馆长、资深资料员，现年83岁的温润生说："接待外宾是纪念馆一大任务，主要是第三世界国家。"这使刘胡兰纪念馆成为宣传刘胡兰烈士生平事迹，弘扬胡兰精神，接待国内外要人友人来访，承载世界各地缅怀，承担全国青少年爱国主义教育、国防教育等红色经典基地。

第一所以刘胡兰命名的学校

1956年，纪念刘胡兰烈士就义10周年前夕，省委省政府要办两件事：一件是修建胡兰陵园，另一件是成立一所也是第一所以刘胡兰命名的学校，弘扬胡兰精神，传承红色基因。当时叫刘胡兰初级中学，也叫带帽中学。后来又成立刘胡兰小学。

学校坐落在纪念馆西侧，每逢新生入学，或新学年开始，第一堂政治课就是听刘胡兰的生平事迹。曾给学生们讲过刘胡兰生平事迹的有：郑林、胡文秀、刘芳兰、吕雪梅、王晋（团省委副书记）和当地的知情人士，其中胡文秀讲得最多，她很长时间曾任刘胡兰中学的名誉校长。

刘胡兰中学刚开始招生时，刚刚毕业于太原一师的李培榕，1958年8月接到省教育厅通知，说调令已下到晋中文水县，要他去那里报到。忆及往事，李老说："光荣啊，一听说被分配到刘胡兰中学，这是组织对我的信任，也是青春激情的燃烧。二话没说，打起背包就走。坐了五六个小时的木炭汽车，先到文水县设在文庙里的教育局报到。负责接待的给画了路线图，文水—里洪—东庄—北贤—东堡—云周西。那时只有一条官道，比一条土路宽点。来了以后，校舍什么都没有，刘爱杰是负责人，一名会计，另一位老师李广智陆陆续续过来，我们一开始住在乡镇。眼看马上就要开学了，但我们被告知，学校正在盖，教室也正在盖，只要一盖好就搬进新教室新学校。当时刘胡兰中学招了3个班，每班40多个学生，住宿制，140人。刘胡兰烈士一不怕苦，二不怕死，我们吃点苦受点累算什么！我们就是要学习这种精神！再说，正因为有困难才让你来。于是，我们几位老师分头找教室。教室就设在村里，学生三五成群住在老乡家里。我们什么都代，属全能型，能开什么课就开什么课，尽量把课程开设全面。我记得开体育课没有体育设施，怎么办？找两个桌子，钉上钉子，架上竹竿，就能跳高，反正因陋就简，创造条件，让学生们尽量学习愉快，生活愉快，能学更多的东西。到后半年，我们就搬进新学校了。"

李老还补充说："学校在村里时，找了个工友，既做伙房师傅，又做后勤教务，这个工友提个马蹄铃，每天从村东

★ 毕业于太原一师、刘胡兰中学创始人之一、现年 85 岁的李培榕老师。

走到村西，到点就摇，提示我们上课下课，那铃声清脆悦耳，非常好听，至今萦绕耳际。"

刘胡兰中学首开三轨制，教室属苏式马尾式，从西边角1、2、3班依次排开。那时候虽然条件艰苦，但老师教得认真，学生学得认真，周六休息一天，到了休息日，学生们也很少回家，依然在校勤奋学习，即使回家也要驮一包书。现年81岁，来自西城村刘胡兰中学的首届毕业生张效端说："我在1班，第一个班。开学十几天前接到通知，我们的老师大都是来自全国各地高校毕业的大学生，他们思想敏锐，讲课水平高。我们那一届学生毕业大多做了教师，有少部分考上汾阳一中。其中有一位同学，脑子特别好，学习成绩特别好，她做题的时候，简直看不出思考式停顿，哗哗就做出来了，后来考上了清华大学。"

第二年又招了3个班。慢慢的，学生和教师多了起来，学校的规模和场地也在扩大。1959年，时任山西省副省长郑林题写校名：山西省刘胡兰中学。英雄母亲胡文秀任名誉校长，给予学校建设莫大支持。每年开全国人大代表大会回来，胡兰中学都要请胡文秀给学校作报告，以弘扬、传承胡兰精神。

既然是为纪念刘胡兰烈士而修建的学校，是不是应该塑尊烈士塑像？答案是肯定的，正好陵园一尊旧塑像被换成新的，学校跟陵园一说，陵园欣然同意，将刘胡兰原塑像运到学校，并举行了庄严的立像仪式。

郝履安毕业于山西大学中文系，于1962年分配到刘胡兰中学当语文教师，现年83岁。他谈起刘胡兰中学，谈起这尊雕像，情不自禁地说道："雕像耳部、面部、下颌部均有些破损，因我学过绘画，学校责成我来修补。我怀着崇敬的心情，每天站在高凳子上，细细打磨，花了好长时间，修补好，树立端正。一位叫石明清的老师给雕像上白漆，每年都要上一次。1965年，原全国人大常委副委员长郭沫若来纪念馆参观，学校组织语文老师去拜访郭老，我们小心翼翼提出，请郭老为胡兰中学题词，郭沫若当即应允。'继承胡兰志，永做革命人'是我们学校早已拟好的，郭老遂题在刘胡兰塑像座基上。从此'继承胡兰志，永做革命人'这一题词成为全校师生的座右铭。"

郝老师心地纯厚，为人正直，教学上精益求精，对学生认真负责，是刘胡兰中学有名的好老师，一生桃李满天下。他说，六七十年代的刘胡兰中学，人称"小北大"。全国各大名校毕业的大学生不断分配进来，他们思想敏锐，充满朝气。上海来的唐老师爽朗热忱，常为学校其他老师从上海捎买衣物货品，所以刘胡兰中学的老师，出来进去衣着时新，气质优雅，很不一般。

从建校开始，刘胡兰中学就由省教育厅直管，直接分配教师。刘胡兰中学很快成为全省40所重点中学之一，无论在教学上还是升学率上，都在全省顶呱呱，影响力很大，学校师生都为能在刘胡兰中学工作、生活、学习而倍感骄傲、自豪。从这个学校走出的莘莘学子无不惦念着他们的母校——刘胡兰中学。

刘胡兰中学自成立到2019年迁址文水县城内，历经一甲子有余，走过辉煌，走过沧桑。因学校地处云周西，云周

★ 毕业于山西大学，曾任教于刘胡兰中学的优秀教师代表郝履安。

西毕竟是个乡村，县里招生政策一放开，学生流失现象非常严重。直到去年全校只有23名学生，学校不得不从原址撤走，搬回县城，但依然保留省重点中学名号。

刘胡兰中学，校址是搬了，但弘扬胡兰精神、传承红色基因依然是其校训与使命，依然为这块热土培养着人才，奉献着知识与智慧。

2020年11月22日，我们漫步在荒草萋萋的胡兰中学校园，从陵园搬来的刘胡兰烈士塑像挺立，透着少年女英雄的大气凛然。

胡兰精神传承的精魂

为进一步弘扬胡兰精神、建设家乡，由县人武部、胡兰公社、民兵大队和村复员退伍军人等，共同协商成立刘胡兰民兵班，简称"胡兰班"。从此，她成为胡兰精神传承的精魂和旗帜。

首届胡兰班9人，全由出身贫农、思想积极、要求上进的云周西村姑娘组成。刘胡兰烈士妹妹，现年75岁，刘胡兰民兵班首任班长刘芳兰回忆说，胡兰班成立后由胡兰公社武装部直管。民兵班劳武结合，白天在生产队劳动，晚上训练，训练内容有队列、刺杀、瞄准、打靶等。民兵班战士每天摸爬滚打，不知累苦。她们参加过很多次省地县民兵比武，成绩都很优秀。上世纪六十年代，受深挖洞广积粮战备思想影响，全省各地都成立民兵班。民兵班一般具备三种性质：集体活动宣传、生产任务突击和特殊任务标兵。民兵班

★ 首任胡兰班班长刘芳兰为胡兰民兵班队员教授打枪技术。

之间经常比武。一次，文水刘胡兰民兵班跟大寨郭凤莲民兵班、长治西沟民兵班，共同参加全国民兵比武大会。文水刘胡兰民兵班夺魁，奖品是一支枪，枪托上写着小小的一个"赠"字。后来胡兰精神、大寨精神和西沟精神成了山西三面旗帜。

"给我印象最深的是，1966年我们胡兰班参加国庆观礼。……我们近距离见到了毛主席、周恩来等国家领导人。早在9月30日晚上的国宴，……周总理来到山西代表团，跟郭凤莲等握手。来到我面前，总理问我：你是二兰还是三兰？我说是三兰。因为在1966年1月慰问唐山部队搞过民兵比武活动，那次胡兰民兵班枪打得很好，很受国人重视，还发表过评论文章，说地方民兵要向正规部队学习。总理对我说，还要进一步提高技术，开文艺座谈会时见过你二姐。周总理几句话令我热血沸腾，热泪纷飞。……总理恩情令我终身铭刻在心。"

第二任班长，75岁的郭玉莲回忆说："我是老队员，新班长。1964年12月24日的授枪仪式，我依然记得很清楚。当接过军分区司令手中的枪时，我们心中都在响着一个声音：继承胡兰志，搞好革命班。我们那个时代真是激情燃烧的时代。每天早起晚睡，白天跟队员一起出工。劳动时把枪带到地里，休息时也要操练一会儿。我们胡兰民兵班真正是团结，不怕苦不怕死，作风技术双过硬。有时为参加比赛，先后在红沟靶场、猫儿岭靶场等地集训若干天，从来都是带回好成绩，为县里，为胡兰班争光争脸，把胡兰精神弘扬出去。在那个年代，胡兰班已经超越了一个民兵组织的范畴，我们是人民的子弟兵,是英雄的化身,有胡兰精神做支撑,没有娇弱,只有奉献与担当。"

一代人有一代人的使命,一代人有一代人的担当。

胡兰班的姑娘们一门心思继承胡兰志,建设好自己的家乡。第三任班长,现年65岁的陈素爱说:"胡兰精神和大寨精神是晋中两面旗帜,全省全区依然很重视。我们那会儿20多个人,产生正、副班长,当然也参加各种比赛,但因为我们村盐碱地多,地下水位低,亩产只有200斤到300斤。所以每年去大寨参观学习,突出的是完成各项生产任务。我们如何完成这些任务?三种办法:打锅子式旱井,挖退水渠沟,种植水稻。为提高产量,我们开辟试验田,培育新种子'五号高粱'。就像第一二届胡兰班一样,我们依然有非常重要的接待任务,有外国友人来参观,胡兰班战士先汇报,再进行各种军事表演。我们还有一个更为直接的任务就是宣传胡兰精神,比如参加团省委召开的各种会议,参加省地县各级民兵大会,参加妇联等各级代表大会。那会儿虽然很苦,但精神上很快乐。"

生产队里,姑娘们干重活,抢在前,吃苦耐劳,乐观向上;训练场上,姑娘们一丝不苟,不厌其烦地练,小到一个手指动作,大到所有动作,只为达到最高标准。战场上轻伤不下火线,她们是小病不下训练场。夏练三伏,冬练三九。练体质,练恒心,练毅力,练精神。新队员刚开始将枪分解结合时,因为对枪非常陌生,所以经常会把手划破、夹破,弄得血流不止,枪油一碰伤口,犹如盐撒其上,疼痛不已,但为提快速率,她们对这些毫不在乎。打靶时,人人神经紧绷，对太阳都不曾眯一下眼睛；因首次打枪姿势不到位，枪托直碰锁骨，锁骨马上红肿起来；因枪声震耳，常导致队员们耳鸣，所有这些都咬牙克服。胡兰班队员人人都是"四会教练员"。参观过的人无不纷纷竖起大拇指，给予"要求严格、训练有素、军容严整、英姿飒爽，不愧为胡兰传人"的充分肯定与赞誉。

流血流汗不流泪，掉皮掉肉不掉队，甘于吃苦，敢于奉献。不管所处环境如何，始终不丢民兵班作风，保持坚定信念，顽强作风，敢于吃苦，薪火相传。开学季，她们结合军训，给中小学生宣讲《时代楷模刘胡兰》，不仅推进学校军事化管理，还让胡兰精神激励着学生们。她们还将胡兰魂融于音乐舞蹈，排练《胡兰魂》《接过姐姐的枪》《英雄女兵》等节目，随时随地以舞美形式传播胡兰精神。第7任老班长石体云也回忆说："接待外宾，是胡兰班一项光荣的政治任务。各国外宾、驻华大使、武官等参观纪念馆期间，常会前来观摩胡兰班的射击表演，我们争的不仅仅是胡兰班的荣誉，更是祖国和民族的荣誉，所以倍加努力、细致、认真。胡兰班姑娘们曾为100多个国家和地区的贵宾进行军事表演，无不赢得他们的好评与称赞。"

随着改革开放，刘胡兰民兵班先后走过"劳武结合""以企养班"等艰难曲折历程，但从1964年12月24日由省军区正式命名为"刘胡兰民兵班"那一天那一刻起，到1992年全国人大常委会副委员长、中华全国妇女联合会主席陈慕华为之题写班名，进入21世纪改为"刘胡兰英雄民兵班"，再到今天的深入学校进行军训，至今已建班56周年，历任

★ 全国以刘胡兰命名的部分先进集体名录，其中就有胡兰班。

23届，出入队员350余人，班长更换23任，她们始终把"继承胡兰志，建设英雄乡"作为建班之本、强班之魂。

优良作风代代传。第14任老班长石丽萍告诫胡兰班年轻学员"一定要勇于吃苦，甘为奉献，把胡兰精神代代传下去，发扬胡兰精神，永做胡兰传人"。花季少女成长为铿锵玫瑰，在省地县各级比武中，20多次夺得第一，70多次受到表彰奖励，多次被评为"学雷锋先进集体""精神文明建设标兵班""民兵基层建设红旗单位"等，荣立集体功多次，是真正的中华女儿，也是胡兰精神的精魂和时代传人，相信胡兰精神在新时代定会绽放更大活力。

《刘胡兰生平史料》等

1959年，《人民日报》与《中国青年报》同时刊登这样一则"征集启事"——刘胡兰纪念馆筹备委员会征集纪念品陈列品启事，内容是刘胡兰纪念馆在其家乡建立在即，热诚希望社会各界人士，包括刘胡兰生前领导、战友、好友、同事、邻居等协助征集遗物、实物、回忆录等；欢迎作家、艺术家赠捐各种文学艺术作品等；欢迎赠送有关刘胡兰的出版物和刊登过烈士生平、学习和纪念的报纸、刊物等。反正只要跟刘胡兰有关的皆可赠送，及寄赠地址云云。

1973年，同样的征集函也向全国各地知情者发出。此次一是为改扩建刘胡兰纪念馆，重新布置陈展；二是为山西人民出版社组织的《刘胡兰》写作小组收集更为真实、完整的资料。

两次大型资料收集，在发出启事与信函的同时，由山西省纪念馆资料筹备组同时组织人员进行调查采访，副省长郑林亲任筹委会主任。

此举何为？

1956年6月，时任副省长的郑林在刘胡兰烈士陵园考察时提出：我们不但要建一个像样的纪念馆，还要编一本翔实的刘胡兰生平史料。过去10余年来，因毛主席、党中央和各级党委重视，新闻、出版、戏剧、电影等对刘胡兰生平事迹的宣传，做了很多工作。刘胡兰的英名传遍了国内外，事迹深入人心。过去已广为流传的《刘胡兰小传》，比较简约，不够完整。刘胡兰是真实的英雄，和文学艺术中虚构的人物不同，她的名字和英雄事迹要永远流传后代，应写一个标准本子，作为今后宣传的依据。

关于如何编写史料？

郑林多次指出，刘胡兰之所以能够成为"生的伟大　死的光荣"的英雄人物，首先是因为她生于一个伟大的革命时代。不能孤立地写刘胡兰，要写时代、党、群众、斗争，同时要写与刘胡兰联系的其他英雄人物，处理好正面与反面人物，要真实、不夸张、不虚构，反映出刘胡兰生平最本质的东西。郑林的谈话为编纂刘胡兰生平史料奠定了基调，同时他也成为改扩建烈士纪念馆、指导编纂刘胡兰生平史料、督导云周西惨案结案、追认和刘胡兰同难者为革命烈士并为之陈展的主力策划者与推动者。

2020年11月4日，经文友白宝良介绍，我们专赴潞城采访曾任胡兰纪念馆副馆长兼党支部书记，现年88岁的郭栋材。郭老回忆说："1959年由团省委派我收集刘胡兰资料，武艺耀部长兼组长，这一年，跑了四川（找王瑞、刘芳、金仙）、新疆（找吕雪梅）、文水等地共走访72人。经过进一步核对、研究和整理史料，到1962年年底，先后编印了《刘胡兰生平史料》《刘胡兰的故事》《刘胡兰传略参考资料》等。根据这些史料查证，请求山西省人民委员会追认与刘胡兰六位同难者为烈士。《刘胡兰生平史料》的第一稿，于1959年年底脱稿。按郑林指示，将刘胡兰入党介绍人吕雪梅从乌鲁木齐请回，于1960年6月28日，由郑林主持，在迎泽宾馆召开了座谈会，征求大家对第一稿的意见。参加该座谈会的，还有烈士生前战友杜杰等。会上，还对资料组编写的《刘胡兰的故事》和贾克编写的电影剧本《刘胡兰》征求了意见。这次座谈会，除对一些重要史实订正外，还对史料涉及的难点，提出了针对性处理意见。"

郭栋才在《情注英雄正气抒》中写道："会后，资料编辑组根据座谈会精神，用近半年时间，对第一稿进行补充和修改，于1960年12月印出《刘胡兰生平史料》第二稿。1961年3月29日，由郑林主持，在晋祠招待所，召开了一次高层次座谈会，国务院文教办公室副主任张稼夫，中央高级党校副校长范若愚，省级领导李琦、林菁华、李林广、武艺耀、李庶民、寒声、贾克、马烽、杨威、张万一等与会，就史料的修订、详略、主题、重点、背景、观点等作了充分讨论研究。在这次会上，郑林语重心长指出，刘胡兰有四重身份：中国人、中国共产党人、中国妇女、中国青少年。胡

★ 曾任刘胡兰纪念馆副馆长兼党支部书记、刘胡兰资料主要收集人、现年88岁的郭栋才。

★《刘胡兰纪念馆志》(1956—2012)

兰精神对亚非拉的民族解放起了非常大的作用。通过宣传胡兰精神，我们就是要告诉世界，中国人就是这样的人，刘胡兰有不怕死的气概，我们得下写好刘胡兰的决心。过去几年的劳动很有价值，没有这段劳动不行，但任务还没有最后完成。形势逼人，要搞一套一劳永逸的本子出来。会议最后确定，由马烽、武艺耀、郭栋材3人组成编写组，负责小说、史料、传略的写作。"

后来，马烽完成的《刘胡兰传》，于1978年出版；郭栋材写的《刘胡兰传略》，于1984年被载入中共党史人物传系列丛书第18卷。《刘胡兰生平史料》也最终完成。

1972年和1973年到1976年的两次调查采访都卓有成效：第一次走访张稼夫和张仲实，请张仲实写了主席为刘胡兰两次题词的回忆录；第二次大大扩展采访地域，共采访153人。采访人员带着沉沉的使命感，不辞辛劳，各地奔波，采集回资料，由刘豪、张世昌、温润生等编辑整理汇总，到1976年先后编印《刘胡兰事迹陈列大纲》《刘胡兰生平》《大事年表》《六烈士生平简介》等，使关于刘胡兰的资料进一步丰富。

2012年至2015年，由纪念馆负责人召集主持编写了《刘胡兰纪念馆志（1956—2012）》，以全面、丰富、翔实的资料，图文并茂，"客观公正记述和反映了刘胡兰纪念馆建设和发展变化的历史，特别记载了全国各地纪念、研究、宣传刘胡兰革命事迹和革命精神的重要活动、重大事项等，具有较强的史料价值和可读性"。

2017年，文水史志办先后整理汇编，完成了《刘胡兰烈士史料辑录》等。刘胡兰资料更加准确、丰富、完整，便于研究者查阅。

马烽与《刘胡兰传》

刘胡兰题材关涉中国人民、中国共产党员、中国妇女、中国青少年四大政治领域及文学思想主题，是具有巨大影响力的题材，不能不重视，不能不慎重。写什么，如何写，为谁写，给谁看，哪个视角切入，第几人称叙述，预期达到什么效果，特定时代下的特定人物，如何在新时代体现文本与主题超越性，在超越性中蕴含新时代下的题材价值与人文主旨，成了重重之重、核心关键与文本成败点。

不能忽视时代背景、环境土壤对一个人成长的影响。英雄人物是时代的产物，只有伟大的时代才可能产生相应的英雄人物。列宁说过："伟大的革命斗争，会造就伟大人物，使过去不可能发挥的天才发挥出来。"所以一定要结合时代背景来写刘胡兰。

更值得我们深思的是：山西文水，刘胡兰脚下的这片土地赋予她的性格因素有哪些？同样是文水儿女，在抗战时代普通人家文化缺失状态下，怎么会走出一代英烈刘胡兰？

不论写什么，都要对得住毛主席题过的"生的伟大 死的光荣"这八个大字；刘胡兰早已成为英雄，声望很高，誉满天下，不论谁写，都要高要求、高标准、高水平。

著名作家马烽就是在这种条件下承担了《刘胡兰传》的写作任务。潞城采访时，郭栋材回忆说晋祠会议也责成马烽开始创作，回来后他就给马烽带路，二次收集素材，为创作传记体小说作准备。

谁都知道，马烽是著名的山药蛋派作家，曾担任过中国作协党组书记，是一位有着强烈责任感和使命感的作家。据马烽女儿梦妮回忆说，马烽先生牢记副省长郑林的嘱托，为创作这部作品，在云周西村3个多月，走街串户，与烈士父母、亲朋、村邻进行详谈。又走访了曾在此工作过的各级领导和与烈士相熟的同志。经漫长思考，才决定用传记体小说的形式来完成这部作品。他把刘胡兰周边的一些人物集中起来描写，有的人物的名字还做了一点改变。在保证大事件以及一些主要情节真实的基础上，很多生活细节、风俗习惯、场景、对话等，都是依据人物性格和情节的需要、可能性和现实性加以安排。他用大量笔墨描写了刘胡兰成长的历史背景，再现了对敌斗争的复杂性、残酷性和广大人民群众的不屈抗争。这既是女英雄"生的伟大 死的光荣"的故事，也是人民争取解放的颂歌。《后记》中马老说：

"死的光荣"好表现，"生的伟大"如何表现？……刘胡兰短短的一生，不仅度过了艰苦卓绝的八年抗日战争，而且经历了解放战争初期急风暴雨的岁月。在这两次性质不同的革命战争中，由于有伟大领袖毛主席和中国共产党的正确领导，发动了亿万人民群众，决心掀掉压在中国人民头上的三座大山。这是一个翻天覆地的时代，也是一个英雄辈出的时代。刘胡兰同志就生长在这样一个伟大的时代里。她本身就是一股革命洪流中的一

★ 1972年，马烽与女儿梦妮参观刘胡兰烈士陵园并留影。

朵浪花,她尝到了胜利的欢乐,也经受了困难的考验。可以说战争的过程就是刘胡兰成长的过程。

创作如同孕子,一朝分娩,既痛苦难当又痛快淋漓。

《刘胡兰传》初稿完成于 1964 年。出来以后,排印数百册样书,分送有关人员征求意见,又数易其稿,终成定稿。

在无数反映刘胡兰的文学作品中,《刘胡兰传》独树一帜,成为刘胡兰传记体小说的经典之作,也成为弘扬胡兰精神的重要文学作品之一。

雕琢之间凝真情

一头短发、模样清俊、骨相清奇的少女,手捧书卷,双目远望,神情专注,她就是半身塑像的刘胡兰,掩映在青纱帐底座里。底座正面写着"1932—1947",刘胡兰烈士的生卒年限。这尊半身像,至今都静静地安放在刘胡兰纪念馆陈列室里,被无数参观者誉为"最美的少女刘胡兰"。其作者是谁?是怎么塑出来的?雕琢之间凝聚作者怎样的一腔真情?

让我们一探究竟。

每逢刘胡兰就义纪念整十周年,从上到下,从中央到地方,缅怀仪式就更加隆重。

即将到来的 1977 年 1 月 12 日亦是如此。

早在前一年,即 1976 年,八九月间,刘胡兰纪念馆迎来一位精瘦男子,他是山西美协主席苏光。每天早早的,或广场上，或馆里，手不释卷，两手背在身后，来来回回，似乎在思考问题。

思考什么呢？

身为雕塑组组长，苏光刚接受了一个任务，要雕尊刘胡兰烈士半身像，安放于陈列馆一进门位置。

怎么才能让参观者第一眼就看到一位活生生的刘胡兰烈士？雕什么表情为好？截取其哪个生命段为佳？著名雕塑家王朝闻已经塑了全身像，这尊半身像该怎么雕？

苏光不住地琢磨。

"刘胡兰生的伟大，死的光荣，王朝闻塑全身像时抓取了刘胡兰刑场上斗争的一瞬间，表现刘胡兰的昂扬斗志、无畏精神，塑造了她'死的光荣'的形象；那么半身像则应从另一个侧面反映刘胡兰的精神面貌，塑造她'生的伟大'的那一刻。"苏光抬头仰望矗立着的高大纪念碑上的几个镏金大字，灵感像飓风一样袭击了他。

生即死，死即生。

有了这个灵感的苏光，吃住在纪念馆，每天和雕塑组成员探讨。为丰富形象，他经常到云周西访问，在知情者的叙述中，一点点熟悉刘胡兰事迹；不断翻阅背景资料，酝酿烈士成长的环境；听烈士亲属介绍刘胡兰的工作学习、生活习惯，一点点让胡兰形象在心里、脑里丰满起来，活起来。思路成熟了就开座谈会，集思广益，拓展思维……

"刘胡兰从自在到自为到自觉，从农村姑娘到共产党员这个过程中思想升华的那一刻，这个精神飞跃是刘胡兰一生的关键所在，正是有了崇高的理想、坚定的信念，才会有最

★ 原山西省美术家协会主席苏光。

后的从容不迫和视死如归。"

有了思路就有了方向；有了构想就有了形象。

雕塑组进入创作阶段，数月内，苏光不离现场半步，他要让刘胡兰一直活在心里，活在心里就能活在雕体上，活在雕体上就能活在世人心中，活在世人心中就能存之永恒。

一雕一琢，可谓殚精竭虑，如切如磋，如琢如磨，雕琢之间见真情。

半身像终于展出了，烈士父母和乡亲们都说宛如见到当年沉着冷静干革命、风华正茂书青春的刘胡兰；当年刘胡兰的领导、战友也称赞不已，都说"这就是刘胡兰，'生的伟大'的刘胡兰"。

1976年，在改扩建中，苏光精心设计的毛泽东题词纪念碑至今仍是纪念馆的标志性建筑物之一；由他构思，蔚学高和孙里人共同创作的刘胡兰肖像，至今仍展示在馆中。

1996年，纪念刘胡兰就义50周年之际，由省委秘书长武正国任组长，省委宣传正、副部长侯伍杰和温幸为组员的陈改组，让蔚学高修改王朝闻所塑立像，再次完善刘胡兰形象。

2006年，纪念刘胡兰就义60周年之际，由文水县委书记王彤宇等组成的改陈组让蔚学高在刘胡兰陈列馆大门两侧各塑浮雕一幅：东面为抗日战争，西面为解放战争，为纪念馆再次深化红色革命内涵。

"往事是一只白头翁，比我先一步白了少年头。"每每忆及往事，现年77岁的蔚学高就说："我们能为刘胡兰烈士做些什么呢？只能像苏光一样，竭尽所能，用好手中的雕笔。"

★ 现存于纪念馆的刘胡兰半身像。

到70周年，省委宣传部邀请清华美院等设计改陈，使纪念馆走向声光电，进一步与时代接轨，贴近新时代参观者，主要是青少年的审美。

其实，刘胡兰雕塑遍及中华大地，文水县资深学者王学礼不仅写了几十篇关于纪念刘胡兰的文章，而且抽丝拨缝，赴全国各地瞻仰拜谒，截至目前，共收集整理23尊刘胡兰塑（雕）像资料。每一尊雕像无不凝聚着雕塑者的缜密心思和对烈士的深深敬仰。

万里单骑寻访知情人

世上从没有从天而降的英雄，只有挺身而出的凡人。

有这么一位农民、摄影爱好者、退伍军人，从小敬仰英雄，受胡兰精神鼓舞、激励，为实现多年夙愿，也为刘胡兰烈士就义60周年纪念日献上一份厚礼。他单骑摩托，从胡兰家乡山西省文水县出发，远赴新疆、四川等地寻访刘胡兰烈士生前见证人，先后采访到了吕雪梅、王瑞、王沁声、杜杰、金仙等几十人，留下了弥足珍贵的历史影像，进一步丰富、拓展了关于刘胡兰的影像资料。该寻访历时56天，途经9个省市、110多个市县，行程10000多公里，经历重重险阻，圆满完成预定任务，胜利归来。这一壮举，使数以万计的人再次了解、认识、感受胡兰精神。

他就是吕庆和。

吕庆和，42岁，1964年出生于文水县南武乡，是一位憨厚纯朴的普通农民。和大多数人一样，上学后知道了刘胡兰。当老师讲到年仅15岁的刘胡兰,面对敌人的威逼利诱坚决不投降,毅然躺在敌人铡刀下,以此写下对党的忠贞和信仰时,刚上小学的吕庆和便被英雄精神感染,刘胡兰的英雄形象在他心里生根发芽。

在一次学校组织的活动中,吕庆和第一次来到刘胡兰烈士陵园。刘胡兰的英雄形象又一次震撼了他,而且在他心里越来越清晰,越来越高大。"英雄,我也要做英雄!像刘胡兰烈士那样的英雄,为祖国和人民作出自己的贡献。"那一刻,吕庆和仿佛感觉自己长大了许多,明白了许多。

一个偶然机会,吕庆和从长辈们口中得知本家姑姑吕雪梅是刘胡兰的入党介绍人之一,他更是倍感骄傲自豪,"心目中的英雄原来离自己这么近,这么亲切"。从那时起,他就想为心目中的英雄做点什么。

当兵入伍到部队,和新兵们聊起家乡,吕庆和说他来自山西省文水县。战友们立即追问:"你是刘胡兰烈士家乡的?""是云周西村的吗?""英雄家乡什么样?"

言语之间,他们对刘胡兰英雄与家乡充满神往。

吕庆和耳边又响起那时的誓言:"我来自英雄家乡,在部队一定要好好干,决不能给英雄脸上抹黑!给家乡人民丢脸!"

6年的部队生涯,吕庆和时刻严格要求自己,工作认真负责,任劳任怨;训练一丝不苟,精益求精。他人有困难,吕庆和第一个伸出援助之手;每月10元津贴拿出一部分,捐给慈善事业。退伍时,连指导员语重心长对他说:"你不愧是英雄家乡出来的士兵。希望你回到家乡后,继续发扬胡

★ 不忘初心、弘扬胡兰精神的吕庆和，万里单骑赴新疆等地，途中在红岩革命纪念馆前留影。

兰精神，为祖国和人民作出自己的贡献！"

2006年，刘胡兰烈士英勇就义60周年到来之际，吕庆和寻思着：何不用自己手中的相机和摄像机，记录下亲历者的生活和他们对英雄的认识，这不也是一件有意义的事？

理想与现实之间隔着不小的鸿沟。

很多烈士见证人散居在新疆、四川等地，远在千里。再加上，先是妻子强烈反对，哭诉；后是朋友劝阻。但这都阻止不了他。

"万里单骑寻访知情人"，这是吕庆和经过一番激烈的思想斗争后作出的决定。走访英雄生前见证人，何尝不是宣传胡兰精神和英雄家乡的好机会！

好在文水县委宣传部大力支持他，后来妻子、朋友由担忧转而支持和祝福他平安归来。文水儿女、社会各界就像当年支前一样，向吕庆和伸出援助之手。

"发扬胡兰精神就是要具有这种勇于牺牲，敢于冒险的精神；就是要具有自我加压，勇于奉献的精神；就是要具有不屈不挠的坚强意志。希望通过这次远征，再将胡兰精神发扬光大，将胡兰精神宣传出去，使胡兰精神不仅是文水人民的骄傲，更成为全省、全国的骄傲。"各级领导给予此次远行高度评价。

"不管路上有多少困难，我想我都能克服。我有信心，也相信自己一定不辜负家乡父老的希望，凯旋⋯⋯"吕庆和信心百倍。

一路上资金紧张、道路崎岖、天气莫测，有时难免要遭受冷眼和误会，可谓困难重重，荆棘丛生，但更多的是亲人挂牵，热心帮助，支持认可……远征途中也处处关爱，充满阳光。

云横秦岭家何在？雪拥蓝关马不前。浊浪翻卷巉岩耸岸的黄河澎湃和激越，他忘不了；甘肃太白镇，一辆白色桑塔纳轿车下来一位小伙子，从后备厢里拿出一条烟送他抽，他忘不了；宁夏固原那坑坑洼洼、近百公里路上的不慎摔倒，他忘不了；在武威永丰镇，一位得知他是为寻访刘胡兰烈士生前见证人而远赴新疆，硬把两个苹果塞到他背包里，让他留着路上慢慢吃的老大娘，他忘不了；嘉峪关前那最后一支香烟，奇伟的白雪皑皑的祁连山映衬着嘉峪关的庄严威武，他忘不了；新疆哈密市郊区那顿早饭，他忘不了；新疆吉木萨尔县，拿出自家香喷喷酥油茶热情接待他的哈萨克老乡霍桑，他忘不了；晨光中飞鸟轻快掠过碧玉般天池，在天空中留下一道残影的辽阔，他忘不了；无边沙漠里，悠闲骆驼咀嚼棱棱草，打量孤独旅人眼神中的好奇，他忘不了；从新疆鄯善县赶往哈密的那场大风，他忘不了；夕阳下西北风呼啸着飞过荒凉的戈壁，在坚硬石头上刻下自己名字时的豪迈，他忘不了；在"铁人"家乡玉门，怕他迷路，驾驶自己的摩托，一直领他快到酒泉才依依离别的无名摩托车爱好者，他忘不了；在海拔3767米的景阳岭垭口，通往西宁的227国道正在修建，帮他抬600多斤重摩托车过300多米长施工段的筑路工人们，他忘不了；从兰州哈达铺前往陇南那条崎岖蜿蜒山路上一个急转弯，他忘不了；甘肃陇南纯朴的白马族人用欢迎贵客的方式为他献上香浓的米酒，他忘不了；从广元到绵阳那段变幻莫测的山路，他忘不了；绵绵烟雨，蜀道蜿蜒缠绕着的秀丽青山，默默诉说着历史变迁的沉默，他忘不了；重庆市菜园坝隆渝招待所那次住宿，他忘不了；飞雪连天，翻越秦岭时的冰雪路令他真切感觉到了死神的呼吸，他忘不了；曲沃到临汾时那桶紧要处的免费汽油，他忘不了；饥寒交迫时热腾腾、香喷喷的一碗面，他忘不了……

一路所遇，不论感人事迹还是迷人风光，都见证了吕庆和内心深处火热的激情和对初衷不懈的追求。这就是当代胡兰精神在平凡民众身上的体现与闪耀、普及与传承。

实在耐不住寂寞，他就停下车抽支烟，要不放开嗓子吼两句："数九那个寒天下大雪，天气那个虽然冷心里热……"

唱的都是《刘胡兰》，拼的就是胡兰精神在血液和骨髓中的渗透、沉淀和澎湃……从塞外高原到天府之国，到处都留下了吕庆和这位胡兰精神弘扬者的孤独身影和嘹亮歌声……

与孤独相对的是爱之辽阔：亲人朋友们的思念和关怀时时牵念陪伴着他；文水电视台社会新闻部《晚间报道》栏目定期与他电话连线，对其行程与心情进行采访，让更多关注他的人了解其近况，同时也带去家乡人民的祝福和希望，让英雄精神为他充电，补充能量；一路上，许多热心的新闻媒体对其事迹予以关注……

每到一处，吕庆和都奉上《胡兰纪念馆简介》和关于刘胡兰事迹的书籍，有时还要为当地百姓和学生讲刘胡兰不忘初心、牢忘使命，投身革命的故事，讲刘胡兰英雄忠于党、忠于人民，不怕牺牲，无私奉献的精神……

回来后，吕庆和将收集的资料剪辑成了多部纪录片，在省地市多次获奖，这既成为他追寻胡兰精神的见证，又成为研究刘胡兰烈士及其精神的宝贵史料。

英雄是五千年华夏文明生生不息、国脉不断而矗立起的不朽丰碑，他们的精神似源像流，代代相承，永不枯竭。我们的国家、民族和人民需要胡兰精神，呼吁英雄，也需要无数像吕庆和这样的英雄精神宣讲者、弘扬者。每个人都是平凡的英雄。

让胡兰精神与国防教育
在新时代校园里相融相合

一二一，立正，稍息……

我是一个兵，来自老百姓，爱国爱人民，革命战争考验了我，立场更坚定……

威严的口令声，嘹亮的军歌声，不断从文水县西城小学校园里传出。

步入校园，大幅宣传布幕上写着：

硬铁百锻，乃能铸无价之钻；
厉兵千练，方可成威武之师。

"服从命令，严于律己，对标一流，争创第一；树立理想，学好本领；精忠报国，无上光荣"，已成为西城小学校规。

2020年，西小秋季军训周又开始了。训练教官来自山西省刘胡兰班全体战士，她们以整齐严肃的军容、矫健活泼的军姿、威严端庄的军貌、"传胡兰精神，做胡兰传人"。虽然面对的是一群小学生，但她们丝毫不放松，一点不懈怠，突出"以战领训、打牢基础、锤炼学风、体系练兵"的思想，为孩子们立下新时代学习胡兰精神的标兵榜样，为幼小心田种下国防教育革命的宝贵种子。教官们教得认真，学生们学得认真，每句口令，每个动作，每个要求，每个技术要领，学生们都悉心揣摩，三番五次跟着教官们练、做。训练共三天，内容包括"整队、报数、向右看齐、稍息、跨立、敬礼、叠军被、唱军歌"等。

校长成文自2017年上任以来，为培养孩子们优良习惯与坚毅品质，非常重视国防教育与常规教育的融合渗透，与文水县人武部结为军民共建单位，将每年10月定为"红色十月主题活动月"，邀请胡兰班战士入校军训。2019年，西城小学被山西省国防教育办公室授予"山西省国防教育示范学校"称号，是全市五所获此殊荣学校之一。

校园军训已举行三年。西城小学从上到下非常重视该项任务，视之为灵魂洗礼，身体锤炼和意志考验。同时，制定了《西城小学军训活动方案及要求》，并认真执行，精准落实。为增加仪式感，训前让孩子们进行庄严宣誓："服从命令，听从指挥，尊重教官，刻苦训练，遵守纪律，磨炼意志，克服困难，争做训练标兵，为班级争光，为学校添彩"。无论从指导思想、基本目标、具体要求、组织机构和时间安排，还是从训完总结、抒写心得、家校反馈等方面都做了细

★ 文水县西城小学的孩子们每年都要接受来自刘胡兰英雄民兵班战士的军训。

致部署，可谓逐年完善，越办越有成效。

塑少年军魂，育时代精英，学胡兰精神，从娃娃抓起。经过三年军训，老师们反映孩子们的学习生活有了规矩，变得知书达礼；家长们反映孩子们在家学会了孝顺，比以前懂事很多。成校长说："学军人风采，强自身素质。经过军训，孩子们少了幼稚，多了成熟；少了娇气，多了坚毅；少了怯懦，多了勇敢；少了无知，多了文明。军训活动不仅锻炼孩子们的体魄，磨炼他们的意志，更增强了西城小学的凝聚力！军训已经完美落幕，这不只是结束，更是开始，是学习生涯的开始，是理想之路的开始。"

一所乡村学校带活一片村庄，从这个意义上讲，西城小学正为西城乡一方百姓脱贫致富、乡村振兴发挥着它应有的价值和作用。

国防教育从娃娃抓起，让胡兰精神与国防教育在新时代更多地在校园里相融相合，让以胡兰精神为导引的军训罡风为少年儿郎远航助力，以梦为马，不负韶华！

胡兰精神是吕梁精神中
最为重要的组成部分

70多年来，时间和实践证明，刘胡兰在中华大地上矗立了一座精神丰碑。那么，胡兰精神到底是什么呢？它源之何处？新时代又如何运用它、解读它呢？

"胡兰精神"是在吕梁山脉、文水大地这一特殊的地理环境中孕育而成的精神财富，是吕梁人民在长期的社会实践中形成的独特精神风貌，是三晋儿女革命和建设制胜的法宝。它永远都不会消失，更不会退场，相反，只会随着时间的流逝与历史的推进，愈来愈丰满。

它既有着独特鲜明的自身特征，又与萌生于全国各地各个时期的，诸如红船精神、井冈山精神、长征精神、延安精神、太行精神等一系列党的伟大精神、中华民族精神一脉相承，共绽光芒。

新时代的胡兰精神在吕梁各地皆有突显，比如有石楼精神、东征精神、龙交精神、交口精神、田家洼精神、革命老区精神、中阳精神、圪洞精神、土豆精神，甚至"一把牛粪"精神等，所有这些皆为其作了丰富的注解，是构成吕梁精神不可缺少的重要组成部分，它们与它是流与源的关系。

胡兰精神诞生于战争年代，发展于建设时期，为三晋大地英雄儿女救亡图存指明了方向，为革命最终胜利打下了坚实基础。改革开放之初，三晋儿女及时解放思想，顺应改革大潮，又一次完成了与时俱进的壮举，成为全国农村改革的开路先锋。在全党全国各族人民为实现"两个一百年"奋斗目标、实现中华民族伟大复兴而奋斗的今天，胡兰精神仍不失其披坚执锐的作用。吕梁山集中连片特困地区，跨黄河两岸，包括山西、陕西毗邻的20个县，既是革命老区，又是贫困山区，这里曾十年九旱，土地贫瘠，水土流失严重，是国家新一轮扶贫开发攻坚决胜的主战场之一。吕梁儿女发挥聪明才智，海纳百川，包容兼蓄，因地制宜，精准施策，攻坚克难，全力推进脱贫攻坚，做大做强产业扶贫，易地搬迁助拔穷根，护工培训提高技能，生态扶贫增绿增收……亮点频出，创新不断。"图难于其易，为大于其细。天下难事，必作于易；天下大事，必作于细。"打赢这场攻坚战是以胡兰精神为主要内涵的吕梁精神在今天更为深刻、更为丰富、更为绵延的时代书写。

黄土高原沟壑纵深，与典型的黄河岩石断层地貌交相融合，间错连绵。脚下这块土地贫瘠而丰裕、古老又现代、多情而妩媚；在这块土地上生活的人们，勤劳而勇敢、纯朴而自信、智慧而坚韧。"登山则情满于山，观海则意溢于海；我才之多少，将与风云而并驱矣。方其搦翰，气倍辞前，暨乎篇成，半折心始。"吕梁山巍峨雄伟，黄河水滚滚而逝，气象氤氲于心，精神有感于心。

伟大的时代必将孕育伟大的人民，伟大的人民必将造就伟大的时代。

2017年6月21日上午，习近平总书记到山西考察调研时，特别提到了"吕梁精神"："革命战争年代，吕梁儿女用鲜血和生命铸就了伟大的吕梁精神。我们要把这种精神用在当今时代，继续为老百姓过上幸福生活、为中华民族伟大复兴而奋斗。"

脱贫攻坚期间涌现出无数英雄，他们为人类减贫事业，开创了理念全新的吕梁模式，提供了可供借鉴的吕梁范例，创造了前所未有的吕梁速度，打造了唱响全国的吕梁品牌，开辟了卓越超群的吕梁路径，抒写了令世人震惊的吕梁奇迹，打胜了意味深长的吕梁战役，交上了令人满意的吕梁答卷，贡献了内涵丰腴的吕梁智慧，重新书写了深沉芬芳的吕梁精神！

可以说，一座座山见证了中国共产党走过的百年光辉历程，中国共产党沿着山走出了一条胜利之路、光辉之路。一个党，一群人，从翻越自然之山，到翻越贫困之山，再到翻越梦想之山，贯穿始终的是怎样的惊人跋涉。我想，在党的心中有一座山，这座山就是人民；在人民心中也有一座山，这座山就是中国共产党。不断攀登、不断跨越，正是百年大党永葆风华正茂的重要原因吧。

驻足黄河岸边，看漩涡丛生，思泥沙俱下，视汹涌澎湃，望源远流长，这裹挟着时代浪潮与社会变革的文明之河，是奔腾着黄河儿女与吕梁人民的血液之流。每个人都是其中微小的一分子，但正是这无数的微小组成了浩荡，造就了历史，抒写了情怀，改写了命运，其间所蕴含的哲理值得我们长久深思，此生践行。

历史走向未来，总有一种信心和力量激励我们奋勇前行，让奋斗成为青春底色，胡兰精神历久弥新，青春中国风华正茂！相信不屈不挠、生生不息、顽强奋进的吕梁儿女，必将会使以吕梁精神为渊源的胡兰精神，砥砺奋进，在新的历史时期放射出更加耀眼夺目的光芒！

胡兰精神代代传

神州处处刘胡兰，胡兰精神代代传。

从刘胡兰中学走出的莘莘学子，刘胡兰英雄民兵班培养出的基层战士，看过刘胡兰影视文学等的无数观众、读者，参观过刘胡兰纪念馆的无数民众，全国以刘胡兰命名的社团群体，全国各个时期涌现出的学习胡兰精神的标兵和典范，他们在平凡的岗位上做出了不平凡的业绩；从胡妈妈到烈士弟妹一如既往的宣传，从历代千千万万听过刘胡兰英雄故事的人们，无不为刘胡兰为实现崇高理想而不懈奋斗的精神所感动，所激励，为此我们的时代才会进步，才会有从站起来、富起来到强起来的今天。每个时代有每个时代对胡兰精神的理解，一代人有一代人的担当，一代人有一代人的使命。在这个伟大的时代，像浪花一样的平凡民众是撑起整个民族的基石，而像刘胡兰一样的英雄是人民大众心中矗立着的精神丰碑。

刘胡兰是一个坚定的理想主义者，浪漫的现实主义者，纯净的革命工作者。在关键时刻，她选择做了自己，对党忠诚。她是一个有信仰，一个以牺牲来践行自己信仰的人。

刘胡兰短暂而绚丽的一生蕴含着的精神内涵极其丰富，至今仍留给我们许多深刻的教益和启迪。她的精神中写着忠诚，写着奉献，写着责任，写着不畏艰险与困难。

我们当代人也应同她一样，以选择活法和奋斗路径来践行自己对党、对祖国的忠诚，对民族和世界人民的热爱。

每次五星红旗升起，国歌奏响，举起拳头向党宣誓，弯腰向像刘胡兰一样的无数英雄敬礼时，一种捍卫人之所以生而为人的庄严感、尊严感和使命感从我们心底油然而生，让我们在这庄严的生命誓言中轻声告诉孩子：亲爱的男孩、女孩，还有年少的你，你们是祖国的未来，民族的希望，你们"为世界进文明，为人类造幸福，以青春之我，创建青春之家庭，青春之国家，青春之民族，青春之人类，青春之地

★ 学习胡兰精神的典型模范人物。

★ 刘胡兰烈士父母及弟妹拍摄于上世纪七十年代的全家像。(前排左起刘爱兰、胡文秀、刘景谦;后排左起刘继英、刘继烈)

球，青春之宇宙，资以乐其无涯之生"（李大钊语）。请记住这些令人敬畏而心地善良的革命者，是他们用生命和鲜血换来了和平，请把这充盈和感激之情永远印刻在你们纯真的记忆里。如果未来疲惫耗尽了你们的灵感，如果人生至暗的时刻即将到来，如果你们身处迷茫找不到来路，如果你们傲骄于眼前一点点小成就，只要你们回想起他们，眼下的苦难迷茫与轻浮傲骄便可付之一笑。

代后记

一切美好终将在向上向善处相遇

老子说，出生入死。人之生也柔弱，其死也坚强。

孔子说，未知生，焉知死。

司马迁说，知死必勇。

古人关于生死之间的哲学论述多矣。

而生死之间是一呼一吸，呼吸之间是美好，是活法。

"生的伟大 死的光荣"的刘胡兰，是文水的骄傲。身为后学，没有不关注这个题材的缘由，没有不续写她精神的道理，没有不挖掘她身为女性之伟大之可敬与可爱、身为青年之蓬勃之青春的责任与使命。

多年前，就以母亲视角写过一部纪传体小说《我的女儿刘胡兰》，不知为何，兜兜转转，未能面世，但那份情结始终不曾放下。

2020年，正值吕梁作为全国集中连片贫困山区之一，脱贫攻坚决战决胜的历史节点，我受市委宣传部、文联、扶贫办、驻村办4家委托，为《决战吕梁》的撰写，投身西山10县采访。期间，接到中国青年出版总社与国防大学军事文化学院共同发起的大型原创图书出版项目"人民英雄——国家记忆文库"之《刘胡兰》的撰写邀请函。我责无旁贷。在此，感谢省作协《山西文学》主编、著名作家鲁顺民，与友人成都作家李燕燕的联袂推荐。

刘胡兰关涉中国人、中国共产党（员）、中国妇女、中国青少年，是具有巨大影响的题材，既要完整又要超越，其政治性、思想性、文学性要求之高，曾一度叫我停笔，徘徊三思。

走近人物，贴着人物写，唤醒时代记忆。

走访在缓慢中展开。好在是本地人，刘胡兰纪念馆、刘胡兰中学、刘胡兰英雄民兵班……它们都在我身边鲜活着，而且身边有一群已对刘胡兰关注很久的同道文友，还有英雄的弟妹亲朋、故旧乡邻、知情人士，他们皆是等待我们走近、探索、挖掘的"富矿"……故乡人，故土情，恐怕这也是鲁主编力荐之缘故。

与吕庆和先生一道，一次次走进云周西及周边村庄。只要是刘胡兰及其战友活动过的地方，我们努力"一网打尽"；一次次探访远在外地的知情人的儿女，纪念馆老馆长等，他们不吝提供资料，深情回忆，或激情昂扬，或低沉深情，或含蓄委婉，或丰富悠长，或克制内敛，或奔放宣泄，或澄澈清透，或意犹未尽……无不饱含对英雄的敬爱。这使我们对那个年代、对刘胡兰这位英雄有了更为深刻的认知，对生死、信仰有了更深的体悟，对此次写作有了更热切而坚定的信心。

难在开头。开了头也就进去了，进去了也就完成了。写作的过程，就是自觉自然走近刘胡兰这位年仅15岁却舍生取义、葆有深切信仰的革命英雄，观照其一生，温柔细致地触摸其内心，白纸黑字，写下的既是虔诚，更是良知，由此深深体会到：英雄选择死法，是信仰；当代人选择活法，亦是信仰，是自知者英，自胜者雄，信仰藏在炮火纷飞间，也写在烟火人世间。人们都在追求卓越，无人甘心平庸一生。一切美好终将在向上向善处相遇。

此次采访得到了刘胡兰纪念馆，文水人武部、史志办，刘胡兰中学，西城小学，刘胡兰英雄纪念班等单位和组织的大力支持，感谢他们以及所有接受采访的人们！

感谢一直以来支持、帮助我文学创作的人们，感谢所有生活工作在英雄土地上的人们，感谢这片热土，再次感恩！

2021年2月15日

（京）新登字083号

图书在版编目（CIP）数据

刘胡兰：生的伟大 死的光荣 / 王秀琴著. —北京：中国青年出版社，2021.7
（人民英雄：国家记忆文库）
ISBN 978-7-5153-6467-4

Ⅰ.①刘… Ⅱ.①王… Ⅲ.①报告文学－中国－当代 Ⅳ.①I25

中国版本图书馆CIP数据核字（2021）第132902号

本书图片由刘胡兰纪念馆提供，并得到书中所涉人物支持。特此致谢！

责任编辑	岳 虹
装帧设计	瞿中华
内文设计	李 平
出版发行	中国青年出版社
社　　址	北京东城区东四十二条21号
邮政编码	100708
网　　址	www.cyp.com.cn
门 市 部	010-57350370
编 辑 部	010-57350402
印　　刷	北京中科印刷有限公司
经　　销	新华书店
规　　格	880×1230　1/32
印　　张	9.625
字　　数	198千字
版　　次	2021年11月北京第1版
印　　次	2021年11月北京第1次印刷
定　　价	35.00元

本图书如有印装质量问题，请凭购书发票与质检部联系调换　联系电话：（010）57350337